有時我獨自念想

楚影——作者

盈青——插畫

推薦序

輯一

輯二 ／＼／

輯三 ／＼／

輯四

／＼／

輯五

／＼／

輯六 ／＼／

後記 ／＼／

我們寫的字
都是被愛人養出來的

——郭書書

收到楚影的信件邀約時，他只是很簡明扼要地告訴我，這是一本「六十篇短文，一則後記，約五萬字」的書。

而我讀了之後才意識到，《有時我獨自念想》其實集結了整整六十一封情真意摯的情書。是六十一次凝視愛人的背影後心中暗自浮現的長篇獨白，也是六十一次與愛人四目相對時脫口而出的真摯情話。

《有時我獨自念想》中，楚影闡述他與愛人之間共同經歷的每一次成長、以及難以忘懷的種種故事。我想在序言裡引用《Le Petit Prince》的其中一個段落：「你在玫瑰身上所花費的時間，讓你的玫瑰花變得如此重要。」

是這些沉思、回憶，並一次次提筆寫下的日夜累積，讓一份愛越發珍貴且無可替代。兩人一起看的電影，總能在恍惚間看出愛人的身影；獨自一人窩在沙發上讀完的小說裡，也總藏著描寫愛人的字句。

生活裡每一朵盛開的花都刻有愛人的名字、每一個遠望的視角都有愛人的蹤跡，而我們能做的，就是把那些關乎愛的時刻細細寫下，記下這些時刻的自己，彷彿又被愛了一次。

我相信文字和關係一樣，總是會在被時間不斷打磨、掏洗之後，展現最終的價值及意義。那些經歷長久且安穩的豢養之後才能寫出的字句，是獻給關係、獻給伴侶最美好的禮物；也是經由時間無私的審判過後、不含一絲欺瞞的成長軌跡。

喜歡楚影在書裡寫下的「只要我們相愛，便是整個時代」。《有時我獨自念想》一書是如此完整而且誠懇地記錄下了這個不畏時間推移、季節更替，使我想一讀再讀、心心念念的美好時代。

意念的歸鄉

——陳曉唯

話語與祕密是一種書寫的可能性。

日本女作家向田邦子離世多年後，其妹向田和子整理出版了一本與向田邦子有關的文集《向田邦子的情書》，書中收錄了向田邦子的書信與她的情人N先生所寫日記。向田邦子終身未婚，直至她逝世多年後，眾人才從她的書信與日記中得知她曾是他人婚姻的第三者，並且維持這個身分多年。這本書裡收錄向田邦子的外遇對象N先生所寫的日記，日記裡詳實地寫著自己的生活：午餐、晚餐、去了哪裡、聽了哪齣廣播、買了哪些東西，甚至如記帳簿般地記下自己的花費，這些日記於N先生離世後被向田邦子仔細地珍藏著。日記裡寫著的不過是日常裡微小且近乎無重的片刻，但對於自己所愛的人而言，這些字卻是生命渴望承受之重，是話語與祕密的堡壘，是通往過往記憶的門戶，唯有閱讀這些日常，方能進入與對方有關的生活裡。

即使那個人在遙遠的遠方，在遙遠得永遠無法觸及的他方，但閱讀這些字，遠方與他方便瞬間成了觸手可及的近處。

書寫的人亦是如此吧？因為那個讓你渴望述說日常的人不在身旁，或是想對其述說的話語無法輕易地以言語傳達，唯有透過書寫來一一刻畫，唯有透過書寫才能夠感受到對方的存在，感受到話語被人誠懇地聆聽著，與對方共存著，書寫自己，同時也是書寫彼此，架構出意念的空間，將一切安放於其中。

楚影的這本作品的書寫似乎即是如此。

他書寫著日常裡的所見所聞，所思所想，寫著屬於他內裡的溫柔與暴烈，屬於他意念的和解與爭鬥，屬於他肉身的抵禦與順從，他每一段的書寫看似將自己置身於孤獨之中，而他隱隱約約地察覺孤獨並不存在完整的反義詞，他無法透過孤獨的境地來找尋言語的反面，無法透過鏡面去看見自己，無法折射出屬於他原身的「相稱者」或「相對者」，那一句句他對自我所反覆敘述的話語，亦是他對所愛之人陳述的字句，於如此隱密又柔軟的境地之中，他悄悄地談論愛與愛人，同時又試著跳脫愛來觀看愛的本身，隨即再一次陷入愛裡，往復輪迴，反覆鍛鍊，渴求從書寫裡覓得一種更近樸質的，純粹的，光潔的存在感，最終，他以日常的目光凝視了自我，以詩意的文字凝鍊了情話，逐步鋪展了這一篇篇的念想。

念想，只因唯有寫下這些話語，才能夠到達她所在的地方。

這一篇篇的念想，最終抵達的不是遙不可及的遠方，而是那可以安放記憶與祕密，珍藏情愛與思念的，所愛之人存在的地域，那是一片每個曾經執著於愛的人渴望回去的，意念的歸鄉。

輯一

是你在我的身邊

世上有許多幸福，有的可以獨自得到，有的需要和一個心靈相近的人完成，然後生活，繼續展開，回饋你存在的意義。

把對方的快樂，當成自己的快樂，由衷地去理解和體會，也許不會完全懂得，但至少能做到尊重，這就是給對方良好的相處之一。

於是有更多幸福來到，同樣地，也會有更多需要相處和磨合的地方。相處是幸福能否穩定的根基。

為了讓在乎的幸福得到保留，我想成為更能負責的人，更成熟的自己。而這些想法，從來不是突然出現。

是你在我的身邊，讓我學會了這些。是你在我的眼前，讓我知道了未來。

在每一次用餐的時候，看著你；在每一次走路的時候，牽著你；在每一次陪伴的時候，靠著你；在每一次睡覺的時候，抱著你；在每一次揮手的時候，記得你。

因為幸福得來不易，我只能藉由這樣的方式，放大我擁有的溫暖。

我是多麼喜歡和你逛商場，揀選你要的食材和用品；為許多料理或影劇，各自打分數後討論其中感覺；在山河環繞下的自然，流連彼此的身影。我多麼喜歡我們，我們多麼幸福。

你也覺得幸福嗎？我看見你笑，也看見你哭；我見過你快樂，亦見過你憎恨。很多時候，你的情緒因我而起，為我而落，我一清二楚。你在我的身邊，覺得幸福嗎？

我知道我是幸福的。我希望，我可以帶給你幸福。一生讓一個人獲得幸福，我想要你就是那個人。這並不是憑空想像，而是經過相處之後，深問自己對於生活，所得到的答案。

如果你的答案跟我一樣，我想我會很幸福，你我可以繼續尋找屬於我們的幸福，不用過份憂慮風雨，左右有你同行。

我不曾想過一起生活這件事，我總是先勸退了自己：「我憑什麼呢？」可是你——我想你多少也有感覺到我這樣的想法，卻仍然與我分享你擁有的愛，並用日子逐漸證明生活，是可能實現的。

幸福其實從來也不遠，只是我們有時候並未注意到，幸福一直都在我們之間，為相處佐以平衡，提醒彼此的親近。如果要走到未來，就先牽緊對方的手。

每一天所說的我愛你，後面都是，謝謝你愛我。

我和你

一個人不嗜辣，另一個人愛吃辣。本來是這樣的兩個人，走到一起後，點餐的時候就不再考慮要不要吃辣這件事了；而是可以點，也願意吃。

這全然是因為愛對方，勝過自己的結果。

你可以吃到喜歡的口味，自然是高興的；而我因為你高興，便也覺得辣跟甜沒有分別了。

日子一長，我竟也變得能夠吃辣，甚至可以和你一起，挑戰看看更辣的口味。

這都不是我們一開始所想過的事。

現在想想，也不只是在用餐這件事情上，很多時候，我們渾然一體，知道對方在想什麼，接下來，是什麼反應，而自己，也會知道對方明白此刻的自己。

當我走在前面，往後伸手，像從前跑大隊接力那樣，你會很快也伸出手，握住我的掌心；現在，換你走在前面，也是做出同樣的動作，而我感到溫暖，牽住你，一起走。

你不喜歡吃的東西，正好都是我會吃的，於是都會夾到我的碗內；而你喜歡吃的，也恰巧都是我喜歡吃的，但這個時候我情願你當一回胖虎，「我的就是你的，你的還是你的」，我會主動夾到你的碗內，看你吃。這樣子，我很開心。

旅行時，對你規劃的行程，你所帶路的方向，沒有任何意見，我只要負責揹好背包，拉好比較重的行李箱，跟著你就好，我說這叫分工合作，行動上有最好的效率；其實，是我不捨你有一次在飛機上，要安置行李，手腕不小心扭傷了。知道這件事之後，我決定當我們外出，再也不讓你拿任何重物。

在路邊，等待沒有車輛通過，會探視左右，然後說出暗號，快速走到對面，再一起笑著。彼此的步伐，有時走路低頭看著，幾乎是一樣的幅度。至於速度，自然也是相同。

還有許多事情，因為長時間的相處，影響了我們，成為了自己身心的一部分。原本就相似之處，則是更加深刻了。

有時候，我會想，雖然這樣的默契，某些是經由磨合而來的，但如果不是你，也絕不會如此接近。能夠陪伴對方，何其幸運。

所以，我想告訴你，千萬人之中沒有大概，你是唯一的那一個。

而這背後的意義，就是我們。

時常相視而笑的，我和你。

一切寬闊只在彼此

我們相處久了，自然少不了你提起許多問題，而我答便答了，或者也會借題發揮，讓你思考一下，雖然你比較常常拒絕回答，但也無妨。總之，我是高興的。

在眾多的問題之中，有一個是我不時想到，就會再問自己一次的。

你說，我為什麼要這麼愛你。

我為什麼要這麼愛你。即使你又問一百次、一千次，我的答覆依然是一樣的。就只因為是你。

還能會有更重要的理由嗎？我反倒是不明白的了。這個問題，每當我又開始自問，都希望你在身邊，請你特地為我解釋一次吧，我是很想知道你的答案，跟我會有哪裡不一樣嗎？再說，相較之下，分明是你更愛我，我總是趕不上那個差距，雖然每一次的付出和愛，你都說沒什麼，可是始終讓我充滿感激。

你待我的好，那是不斷累加的，並不會因為時間推移，而少了什麼，你是以一種補天的力量，彷彿要將我身上所有缺陷都填滿，從不鬆懈這樣的溫柔，亦不自滿於某種程度。好像如果不體現這樣的能力，你就不是你了。

無論有沒有所述的好，我都是愛你的。不光是你對我有百般照顧，更重要的是在你身邊，這個塵世可以平靜到沒有一絲紛擾，亦沒有一種遺憾，只要我們相愛，便是整個時代。如此簡單，也確實是我們想尋求的天地，傾盡一生也不夠長遠。

和你在一起一切都好，一切寬闊只在彼此之間。是因為這樣，所以我這麼愛你。

有時你說你對我不好，覺得我可憐，我聽了恨不得立刻擁抱你，我從沒有那樣認為自己的處境，但你的可愛是非常清楚。我希望你不要再這麼想，因為理想的愛情，哪有可能不受傷，若真要說起來，我也曾讓你難過，但你還是願意把自己的心，放在我的心裡，對我好得像上輩子就與我講定，今世要再續前緣。

當然，我是知道你的個性，有些你以為是缺點的地方，你想改就改，不想改便罷了，我是不會要求你非得做出什麼驚人之舉，我還是會牽緊你。

我希望你快樂的時候就笑，難過的時候就哭，全部的心情都有我包容和支持，不必為了這個世界而隱藏自己。你可以繼續問我為什麼要這麼愛你，我會用一個又一個日子來告訴你。

神給我們的

每次憶及你對我的好，我也會回想自己，為你付出了什麼，這並非要去算盡是否公平，而是在當中明白彼此之間，留下了哪些回憶，哪些事情會讓我們感到深刻，一再感到溫暖的。

我最常想到，也必然會想到的是，在某一年的秋天，我陪你南下，去動物醫院領養了一隻貓。這件事情，是你決定的，我也一直相信你的能力可以勝任，貓來到你的身邊，可以得到妥善的照顧。後來也證明如此無誤。

我曾經想過我的未來，無論有沒有與誰相愛，住處應該要有寵物相伴。而我從前只有養過柴犬，跟貓的相處幾乎是零——這跟在外餵養流浪貓是不能相比的。對我來說，寵物的意思是，你必須為這樣活躍的生命負起責任。

你是非常喜愛貓的人，家中就有好幾隻貓。而且，全都不是買來的，足見你的善良是勇於行動的，讓我真的很佩服。這次一起領養的貓，是經歷車禍重傷拯救回來的，雖然從鬼門關前走一趟，卻也少了一隻腳；每當看見，心裡總是難過一陣。

但這貓玩耍時，並無殘疾之樣，還常常「狩獵」別隻貓，潛伏奔馳打鬧，還會借力使力滑行於地板，儼然那腳是暫時給神接上了——你是這些貓的守護神，牠們的健康跟幸福，都是因為你悉心照護。

後來，這隻貓跟我們久了，也等同我與你相愛又進展多久日子。在一次紀念日到來之前，我自以為是地想著，物質上的東西你應當不缺，是該用特別一點的方式；我很快想到，這隻貓跟你最鍾愛但已病逝的貓很相似，所以就決定，要手繪你跟牠們的感情。

於是我去買了漫畫用紙、好幾支筆，從草稿開始畫起，再一張張畫到用紙上，花了快兩個禮拜才完成。美其名說是漫畫，看上去卻是不成樣子，但還好你願意收下。

像這樣的事，還有幾件。每次都要花很多工夫，撰文寫詩給你也是需要時間的，但從不覺得疲倦，因為我獲得相當的滿足。

我得謝謝你，讓我有機會，去表達對你的愛。我也相信，這隻貓是神給我們的一個機會。使我們透過牠，發現生活，發現牠的到來，並不全然是我們照顧了牠，反而是牠慢慢治療我們之間，某些受傷的地方——想起牠，我們一起去領養，帶著牠去搭火車，去夜市，去山澗旁的咖啡廳，去野餐，有了笑容和淚水，帶著珍惜前往未來。

只要擁抱你

愛無以名狀。愛是一種全然的奉獻，若其中有一絲逼迫，情願無已，那不過是以愛之名，行禁錮之實，一切都將扭曲，原本放眼大好河山，盡是山窮水盡；美反而不美，倒真成了待宰的羊。

愛是如此幽微，而不可細說。我們只能從中磕碰相傷，也在裡頭獲得治癒，逐漸意識彼此的模樣，遠比自己想像還要脆弱，只是沒有人能夠幫我勇敢，我必須繼續走在你前面。愛是守護。

這本該是早就知曉的事，我們卻時常在爭執中晚了一步。

觀照此情，是壞事嗎？這一步使我們發現，更多知足和成熟；是好事嗎？這一步讓我們明白，更多不足和幼稚。唯一確定的，我們都在愛之中。

因為有這樣的愛，而有了對你的牽掛。牽掛既起，便開始深思自己究竟如何，愛如何，你見我當是如何。

我回想。每一幕在我腦海中放映的，與你的相處，很快地給了我答案。當你出現在我的生命裡，我數三千世界，一語道破，不過是三個字。

當然，我希望你也能是如此。所以這三個字，是我對待你的，永遠的態度。

至此愛彷彿才有了面貌。屬於你我的，誰也無法取代的輪廓。也是在這時候，才看見愛並非無以名狀——只要擁抱你。我情願奉獻我自己。

這應當就是愛了。如此想來，或許我過去並不曾明白。但於你面前，是無妨了。世界如何好或壞，都可以重新建造，都還有進退之處；一旦錯過了你，那已不是所謂的好或壞，而是一個世界的消失。也意味著，我見山海是山海，就只能是山海了。

愛之所以重要，之所以需要瞭解，莫過於此。此時我仍不知，你見我當是如何。

但真的沒有關係，我在我們的生活裡愛你，陽光是自然，風雨亦是自然，保持著你的笑容，不惹塵埃，心中便有了最穩重的平靜。

於是能夠娓娓細說，相處帶給我們什麼樣的將來，並肩而行。面對彼此的現在，總是想多把握一刻，貪看你一眼——我要的不只是現在，當我重遊舊地，新訪異域，踏著盎然綠意，抬頭櫻花盛開似雪，不必煩惱面目已非，還認得出自己是誰，我可以是誰。

你只需要是你。而我，是愛你的那個人。

有時我獨自念想

歲月是一種很渺茫的形容。從前的事，放到將來，未必是那麼確實，其中往往取決於自己有多少堅持。

你還記得過去的你，是什麼模樣嗎？

最初可能都以為，認識詩，可以興觀群怨；但更要緊的結果是，文字，竟使我們走到同一條路上。此間風景，便由不得我們離去，而停留在對方身邊，淺淺地咀嚼當中深意。

是這樣子的溫度，而使歲月越發無情。每當與你看影劇，也無論新舊，是否我們已經看過，那沉浸的時間總是算重來，且更深刻一回。這個人在身邊，終究是眷戀。

隨著發展，我們能夠懷抱著的，也悄悄地增加，太多可供彼此訴說的事情，和陪伴老去的回憶。因此歲月的輪廓，逐漸清晰；我們的容顏，在凝視之中，是唯一的明白。裡頭多少的理智與感動，皆不足為外人道。

這樣的模樣，不是過去的我們所能想像；好與不好，也非現在的我們可以論斷。聽起來有幾分無奈和坦然，但生活——兩個人必須相處的生活，本來就是該從眼前著手，讓對方感到體己，布置往後的起居，愛情才能更有餘裕。

於是指認了更多空間，願意掏心的程度，我們不用明說，看上去，就是藍天白雲的融洽，即使陰霾有時，也不過自然；入世一點面對，總會等到晴朗的流轉。

因此我們也要學著沉澱，如果決定並肩前往明天。或許，有些情緒還是沒有名字，還無處安放，那就讓自己更成長，不只是你，這同時也是我的課題。每次見你，我總想讓彼此的珍惜，意義能得到更好的淬鍊。畢竟，時間永遠太短。

我們總是在昨天的思考之中，體會今朝相聚的光景，為明日不見而感到過分悲傷。也是因為這樣覺得，所以文字從沒離開過，我們仍然走在路上，透過風景的牽動，繼續寫下付出的心情，詞彙儘管無數，依舊願意。

有時我獨自念想，以一草一木對照一顰一笑，在你所帶來的山河，日月都是分明有序的，我從中信步而行，穿越自己的混沌。原來，當我以為我認得了萬物，往後便再無懸念之事；一朝對鏡攬你，才恍然莞爾，沒有你，一切都是塵埃。

最好的日子

我一直覺得，只要是身為人，我們都會有想要回去的一天。

不管那個日子，是有三個秋季那樣遙遠，還是像過眼雲煙般接近。那時候的天氣，可能是晴空萬里，也可能是陰雨密布。可能我們的臉龐上，是笑容，是淚水。情緒也許悵然若失，也許心如止水。或者我們看著彼此，是陌生人，卻又再熟悉不過。

無論是多麼渴望，想要回到那一天，必定是因為對現狀的不滿。因為有其不滿，所以念頭旁生，甚至願意用盡一切，去交換相較短暫的時光。只是，也不免再問自己，倘若回到了那一天，對於我們，真的會比較好嗎？

我不知道。事實上，也不會有誰知道。

每個人都會希望日子穩定踏實，無災無殃，卻也清楚，在現實的追趕之下，能獲得一日的平靜，都已是奢求。更何況，身邊還有個人，願意傾聽，陪伴自己的不愉快。

我是在面對許多失去之後，才越來越明白這樣的道理。

所以，我想告訴你，如果你想要回到那些美好的日子，你就先必須放下回去的念頭，把你的視線擺在前方，踏出那一步，走過去。不用感到著急，不必為此覺得無措，就只是走過去。不要回頭再看，真正值得的美好，會逐漸來到你的身邊。

是因為這樣，而我在這裡，和你一起。

我感謝那些日子，無論好的壞的，帶我看見了你。而我也發現，自己正在慢慢地，擁抱著一個信念。

對我而言，只有確立了方向，才能用最適合的步伐，到達想去的地方；

一旦陷入漫無目的，就很容易遺忘自己是誰，也不知該往哪裡去。

於是現在，我一直認為，最好的日子，最好的你，即使有時感到困境，也不能妨礙共同許下的夢，畢竟有著最好的支持。

讓我們這樣相信。就算道路險阻，也能無所畏懼，相信每次歷練，都能夠為我們帶來相當的成長，並不是徒勞白費。生命正是因為如此，才能突顯珍惜的意義。

將最重要的，深藏在必須守護的心中。我知道，到了某個時候，一年四季的變化，會縮小成一天，面對這樣的一天，我已經能游刃有餘，繼續牽著你，前往明天。

到達的國度

任誰都希望，有個人能夠溫柔以待。縱使覺得自己並不耀眼，他也可以一眼就看見你的美好。

確實是如此的，世界上會有這樣的一個人。

你們在故事受傷的另一端，各自走來，然後面對。

他會在不認識的情況下，友善地望著你；當你不被理解的時候，他會選擇陪伴；去到某一個景點，想著下次要帶你來，即便你早已去過，他也暗中決定要跟你創造新的回憶。

所有的一切，他都熱切地想要與你分享，但也藏著沒有說出口的要求，只是希望，你會明白這份心意。

當我們在一起之後，時間雖然也在前進，但似乎停擺了。我們得以看見日子，拉開相處的帷幕，裡面有你的生活，你所喜歡的景色，你要的溫柔的存在。你牽著我，告訴我這些，笑意滿盈，而我不自覺也有了相同的感受，以為冷靜的心跳，突然深切地記下了這一刻。

這一刻因為重要，接著就是不斷放大這一刻，直到充滿我的生活，然後又加重了，繼續放大，生活也越來越豐富。我也因此逐漸明白，我的心過去不能理解的，什麼是真正地愛一個人，與被愛。

世界上就是會有這樣的一個人。兩個人把心交換之後，發現沒有違和。探究這樣的意義，原來，你所憧憬的方向，其實，就是我後來埋在心中深處的理想。因為你的出現，才得以慢慢見光，也有了更多力量，重新去擁抱它。

然後兩人眉目之間，舉手投足，都越來越像，也不覺得意外。在對方手掌裡以指畫心，也成為了專屬的默契之一。從前總覺得，那樣的愛情離自己很遙遠，但不過就在你我能夠相視的距離，再也不必望眼欲穿。

於是，一百天過去了，兩百天也跟著，三百天成為昨日晴朗，六百天、七百天的光景繼續被寫下，我們也才敢開始在心裡準備，那看似理所當然的，攜手迎向一千天的到來。

在這條路途之中，可能有風有雨，有歡笑或淚水，有快樂或悲傷，有好事或壞事，在生活裡挑戰我們、堅強我們，同時也逐步打造出我們的國度。

那裡，那個此生走來有時順遂，有時跌倒，仍然不斷尋覓，而終於能夠笑著到達的地方。

就是和你在一起。

開拓的世界

認識你之後，我開始頻繁地旅行。

你因為職業的關係，把旅行落實在生活之中。有放假的時候，即使只是兩三天，但如果你想去哪裡，一份短程的規劃很快就完成了。然後，出發，去拍照，去沉浸，去累積人生。

而我因為陪伴，也跟著瀏覽了不少地方。

你開拓了我的世界。途經的一草一木，都是在你走過後，逐漸綻放顏色。

和你同在就是良辰，美景永不嫌多，這些都會成為，我鮮明的回憶。不過我最喜歡的，除了與你漫步，就是我們騎車的時刻了。

在島內的旅行，最好的交通方案，自然是先搭乘大眾運輸，到目的地再租機車莫屬。尤其你喜歡造訪的咖啡廳，往往都隱身在巷弄之內，一輛機車穿梭，是最合適不過。

當然，這並不完全是我喜歡騎車的原因。我更喜歡的，是你在後座，為我們的前行，順著導航，指揮若定。我從不需要擔心迷途失道，只需要負責用路安全就好。

一路上，車行縱橫，無論遠近，兩顆心為了同一件事專注，我覺得很好。

你喜歡看海。無論旅行的地點是國內或國外，幾乎都會安排。每一次到海邊，寒冷的風迎面而來，我知道為的是想被大海療癒某些傷痕，同時讓眼前的夕陽，做在場的證明。

山海共存千年，會記得曾經有兩個人，在這裡許下心願，為了對方由衷地擁抱和微笑。

也是在開始旅行之後，我多認識自己一些，更瞭解你一點。全然相處的時間，我們在其中不斷交換彼此的想法，舉凡下一個行程是哪裡、下一餐想吃什麼、東西好不好吃等等，都是我們應當的討論，愛情的共識。

與你經過數次旅行，對我而言，旅行確實如此。去當地體驗人文，瞭解風情，感受跟平時不太一樣的生活——活著，這個詞是有點嚴肅了——然後，把每一次的感受，帶回到日常，落實正面的部分，改進不足之處。

因為生活必須重視，但支持起最重要之處的，仍然是你。

我明白，在這樣的過程裡，你我都會在某些部分，變得比原本更好。而旅行就是，為了不讓我們在生活中消磨自己，直至殆盡以前，能夠選擇的最好的方式。

每當想起這些，我總是想告訴你：謝謝你，願意與我同行。我已非常期待下次。

唯一的靈魂

什麼是真實的快樂？這跟太陽底下所有的問題一樣，沒有標準答案；相反地，不快樂也是。更確切地一點說，快樂與不快樂，互為表裡。彼此有多少形式，就有多少感覺。

看起來很平衡，但我總覺得，人還是傾斜於不快樂多一些。而且，是很容易產生這樣的情緒，畢竟大多時候的人生，不會是順遂無難的。

但如果情緒裡只有快樂，也不是一件好事。應該說，若只有單面的情緒，會讓事情的判斷流於錯誤的機會提升許多，以致更焦慮的情形發生。

我在你的身上，發現這樣的道理。相處久了，明白你是如此尋求的人，這樣沒有不好，只是時常為你感到不捨，也篤定了要一直支持你的心。

你說我總是陪你做想做的任何事，為了你的快樂而快樂。是因為我覺得，要回應你為我付出的美好，這是最直接的方式，我自己也會為此而快樂。

我們尋求著一樣的目標，在過程中，互相平撫靈魂。讓生活的片刻，可以用寧靜構成，走出一條長久的路，延續之間的愛。

這是生活眾多的樣貌之一，我們選擇，我們認識，每個細碎的思緒，都需要被妥善地對待。

如果有一天，快樂和不快樂，於我們也就只是快樂和不快樂，並不將全部的自我隨著流動，那我想，我就能離自己的心靈更近一點，離你的好更清楚一些，而沒有任何懼怕。只是要做到如此分明，真的需要歲月的同情，才有掌握的可能。

就從這一天開始，從我們相視而笑的今天開始。要記下，一朵花的綻放，從來不是為了凋零，但對凋零看不見，也是相當危險。我們只要做一件事，好好面對這件事：不斷地栽種花朵，快樂與不快樂都是最好的養分，豐富我們的心靈。

這是我們可以努力的，並全神貫注的。每個當下，我們都在學習，如何將一時半刻的溫暖，透過適合的沉澱，得到保存，成為人生前進的風景，轉眼便是對方的容顏。

與其說我喜歡這樣的人生，其實是因為你在身邊。你像一面明鏡，照著世俗的一切，亦將我落個寧靜的姿態，有所感念。當我們互為表裡，也就無須擔憂時間的長短，你是愛，唯一的靈魂。

輯二

人生的真實

以前的我，對於時下流行的電影，或者所謂的經典，很多是沒有跟到的。我的選擇，經常是沒有選擇，就胡亂地看了下去，無論是好雷還是壞雷——這類網路上的用語——也沒有真正地在乎過。電影也者，好像就是用來對付無窮的時間而已。

人生有各式各樣的盲點，其中之一，就是以為自己有那麼多時間。

這是電影不斷帶給我的啟示。而我也總在不同的電影中，看見那麼一些，屬於自己的影子。

就好像這世界上的電影，每個人都參與了一小部分，但這些都不是我們。甚至，我們從來都沒掌握過真正的劇本，卻必須成為某個角色。

例如有時，我們必須順著國家的齒輪，被牽引而推動時局的前進，親眼看著某些價值和人物的淪喪或重生；有時也想將一切破壞，讓秩序充滿混亂，而不過為了好玩；有時為你所相信的，奮不顧身，使之綻放光輝；有時你知道美好，要用很長的時間去換取，也不曾後悔踏上的道路；有時你感嘆一片落葉或一場雨，許諾的心願還在遙遠的一端，但腳步並未停下，只是更加踏實；有時，你不知道這些事情，到底是為了什麼，誰可以給自己一個答案。

如果電影就像人生，那我反倒覺得輕鬆不少。

電影的故事，有必須存在的邏輯，這一幕的陰影，和某一個時刻的陽光，總是會呼應起來；而人生的真實，會讓你覺得自己好像永遠被困在難關，也無法按下快轉鍵，終於放棄和結束，只能等待被拯救的可能，但微乎其微。

我在電影中遇見了你，也是到後來，我才能明白，你的一些特質，早在那場電影，被詮釋得非常清楚。

現在不時回想，我慶幸是那部電影，能夠讓沒有道理的笑容，在我們身上發生。而且這樣的溫暖，即使閉著雙眼，我也知道是你。

也因為是你，帶著我發現了更寬闊的視角，透過許多不曾看過的電影，讓我必須不斷去思考，自己應該要成為什麼樣的存在，如何找到正確的方式去守護你。

對於我的人生，沒有什麼電影是非看不可的，因為你比電影迷人太多。任何有關你的片段，都已經在我心中，刻劃成永不褪色的經典。

夢想所以值得

小時候，我很喜歡畫圖，不過我的夢想，卻不曾想過要當一個畫家。反而是只想當一個有穩定工作的上班族，想像中的朝九晚五，做好職責，等待機會晉升，存錢買房，立足於自己且必須的空間。然後見山是山，遇水是水，在社會上還算有用的人，就這樣過完一生也無妨。

以上當然是美化後的說詞，回歸基本的架構，聽起來沒什麼野心，非常單調。但這已是對於才五、六歲的小朋友來說，所能勾勒出最政治正確的藍圖了。而我也是在長大之後，才能夠確切地體會到，原來那些都真的是夢想。

正是因為成長這件事，讓我瞭解到，夢想可以不只一個。上個月你想當歌手，當然可以；這個月你想當詩人，沒有問題；下個月你想當畫家，不用客氣。不要侷限了自己，唯一要注意的，就是堅持你的視線，確定了就對著遠方，前進。

而我們，是在我的夢想之中，看見彼此的。你一直支持著我，也曾提醒我不要忘記，你是這樣在愛我。能夠因為夢想而相識，這是一件過分美好的事。

當然，任何夢想都是有代價的。付出，再付出，揣著沒有回報的情況去付出。即使結果會是徒勞一場，也不要沮喪，那些都會在往後的某個日子，幫助自己。

在現實與夢想的交界，有些東西你必須去爭取，有些情緒你不得不糾結。然後，你可能會再一次成長，再選擇一個夢想，繼續面對現實，以自己的身心去抵抗。

這當中，並沒有確定的是非對錯。所謂夢想，只有你先願意去相信，才會逐漸成形。沒有夢想的人生，跟死亡沒有什麼區別。但任誰都必須承認，這樣其實十分輕鬆。

不過我很清楚，如果要在輕鬆和困難之間取捨，如今的我，會毫不猶豫，回頭告訴小時候的我，要永遠當一個有夢想的人。

終於明白自己的夢想是什麼，就會想方設法去守護，或許會繞了遠路，或許為此感到痛苦，或許更放大了原本的孤獨；但就是這樣的，經歷了那些，夢想所以值得。

我知道，我已經找到我的夢想，雖然還有很長一段路要走，但卻沒有打算放棄，無非只是希望，關於名為未來的路上，你在我身旁。

歲月安好

多數時候，我們不談生活。因為傾軋而來的時間，會突然把無數事情，變成此起彼落的石頭，滾向我們的人生，讓我們頹喪，覺得自己一無是處。

也是因為這樣，就中了自己的圈套，自己端起槍，瞄準內心，獵殺了自己。

討論生活總是最簡單的。比如理想的居所是，要接近工作地點，或是離綠地多一些，或是交通順利更重要；打算添置的家具是，有便於閱讀或電視的沙發，有合適的書桌可以寫字；如果平常能動手料理，廚房是要簡約風格的吧檯型，還是像電影般寬敞的中島型；陽臺有足夠的空間曬晾衣物，底下有許多小巧的花草盆栽；至於休憩的室內，想要什麼色調，在什麼地方擺放衣櫃、書櫃等等，都能讓你想一整天也想不完。

我們也知道，不能光憑想像而不付出，實現生活是需要行動的，且可能會遇到困難。

但過程總是得走，在得到結果之前，任何陰暗都無法阻擋我，想要和你建造這一切，讓陽光灑落四周的可能。在起點先開口放棄的人，是永遠不會知道終點能迎來多少充實。

當然，也不是說所有難題都可以解決，有的無力感，在猝不及防的當下，是可能斬斷所有的道路。那種時候，確實是誰來挽救都沒辦法，任憑時間流逝。只想逃避，離自己越來越遠。

而你還是得生活。生活隨時都能找到你。

越明白這個道理，越不必擔憂日子。看似柳暗花明，也不會始終山重水複。要努力的，其實只有靜下心來，重新確定自己想要的，究竟是什麼。

或許你已經意識到，也可能還未領略，對於這一件事的況味，裡面我是希望能夠懷抱你。

因為是你對我陳述了生活，賦予許多意義。每次看你談起這些，何謂神采飛揚，我是有相當體會，也為你的嚮往而深受感動。

和你生活，一直以來都是最深的想念。是你把這樣的情感，化為身邊的真實，而能逐步相信來日，並無大難，唯有彼此相樂相知。

我會期待著這樣的畫面：窗外月明星稀，室內燈光暖和。我伏案寫作，你專注書本，偶爾抬頭看著對方而微笑。我們餵養的貓，靜靜地依偎，歲月安好。

無論何時何地

你在視線所及的範圍，我以為天空即使是陰雨，那也是晴朗的；反之，當我沒能看見你，任何美景都構不成留戀，比不上你顧盼的模樣。

你我付出清晨與黃昏，時間將這些塑造起來，還了一個我們給彼此，讓心裡掛念有常。在我們的年華裡，你成為我新的信仰，那是全然無懼的，在往後的每一刻，真的這樣覺得。

我必須先對愛沒有畏懼，而後才能給予最寬闊的寵溺。這是幸福的，因為你快樂。

牽著你的手，看見你的高興，再低頭端詳掌紋，好像每一條都複印，分不出左右，也為此感到開心，我卻是不說的了——就當做相依的獨特。

也是因為如此懷揣，無論何時何地，我的信仰更加確定。

將寢之前，我總是比較喜歡平躺，面對天花板有助於心思沉澱，除了可以聽到你的私語，還能夠牽手，這使我更快安然入睡。當然，我也是盡量先等你睡了，才跟著睡去——我是透過掌握的微妙，而確定的。這又是相依的一個證明。

我喜歡牽你的手，我知道你也是。搭乘運輸工具的時候，只要坐著——通常有位置都會先讓你坐著，而我站在你周圍，或坐於旁邊，也是要伸出彼此的手牽著，或輕鬆地勾著——我心裡是充滿快樂的，但我也是不說的了。

與你走路的日常，更是牽手之情，滿盈於途。街道大多可以容納我們並肩而行，當遇到狹窄區域的時候，我們改為前後通過，這手，也是順勢不變，沒有遲疑，彷彿磁石相吸。

擁抱是寵溺，牽手是更深的許諾。一步一步，一刻一刻，所表現的是我想和你，看著往後的天氣，遞變的四季，身旁有對方扶持自己。在蟬聲四起的時候，我們快意；在滿山楓葉的時候，我們相視；在飛雪連天的時候，我們緊鄰；在百花繁盛的時候，我們指認。時時刻刻，漫漫步步，以為優美的風景當前，卻忘了我們就是最好的明媚。

我怎麼能放開你的手。從今以後，我不敢再想這個問題，但我是不會害怕的。大道多歧，在這個舛錯紛至的世上，你是和煦的信仰，由愛而生的念頭，我心懷感謝和珍惜。無論我們相距多遠，只要見到你，我仍然不會猶疑，將你的手牽起。

把一生走得這樣長

在好的時候好，好便是所有。即使是不深不淺的笑靨，僅僅一瞬，也意足心滿。

更因此，在對方的眼波裡，載浮載沉。乾脆一種淪落，彼此捱著，成了念茲在茲的靠近。

所以說我們都像。總要以閱讀冶煉歲月，像；凡遭橫禍之生命皆不忍，像；對切身的季節有好惡之分，像；但心有所感都化胸懷文字，像。倘若行為延伸百般，便是諸相對己，當中有你。

縱有萬千明瞭，仍有典故無處可尋。是從沒想過，兩人的倔拗，竟也十分相像。

一旦起了爭執，其實就只是個誤會，卻都不肯退讓。看我板起臉色聲討，你的個性更容不了這一點，莫說談論什麼道理，你本身就是一個對字。你不是兵，儼然一名將軍；我更當不成秀才，自請馬前卒。

基於彼此尊重的原則，刀刃相見的結果，當然兩敗俱傷。

但這仍然是好的。

我是不太相信，世上能有一對伴侶，在長期的相處之中，不曾抱持著一絲怨懟，那樣的境界不切實際。當然，我自己沒見過，並不代表沒有這樣的模範。若讓我知道，我還是會打從心底尊敬無比，並請教修行的祕訣。

之所以覺得是好，在於我們幾乎心直，總是盡可能和解。

雖然，有時還是免不了口快，但情況都會好轉起來。這好轉，亦是我們的愛，得以繼續運行四季的根本。如果你在，我便有了最敦厚的牽掛，是故，又要為了什麼，非得和你爭論不止？

這是我在幾次吵鬧之後，逐漸清楚的課題。我若不能妥善解決，讓你可以從容，那麼，你實在也不用委屈自己。很自然的趨勢，我知道你懂。不過我們必須一起面對。這不光是一個人的事。少了彼此一邊的支持，我們將立刻存於危樓，不必百尺，僅是方寸之地，就足以搖搖欲墜。

不要讓傷害只是傷害，雖然有時只能如此。這我還是明白的。讓你去寫那個對字，說穿了也未必不好。我會在你的背後，承擔起所有問題的是非。

有所成長的相愛，從不容易。流年旦夕偷換，一天接替一天，日子並不短暫。我們都知道。但我確實想和你，把一生走得這樣長。

共同的想望

我們都同意，幸福需要尋找。幸福並不會主動走到面前，讓你不勞而獲。如果有這樣的事情，那就沒有什麼好煩惱的。

每個人對幸福的定義，也不會全部都一樣。

最難的是，在別人的框架中，去尋求自己的幸福。我們都曾犯過如此的失誤，但沒關係。在每一次對幸福的叩問，多少能夠給自己答案，也就好了。寧可幸福晚一點來，也不要太早退場。

畢竟風月無情，我們必須面對隨之延長的人生。而這些，需要所謂的幸福來幫助自己。縱然不得不孤獨，也能視為自然。

通往幸福有各種途徑。有人在繪畫中發現，有人在烹飪時明白，有人在閱讀裡瞭解，有人在音樂中體悟，有人在運動時感覺，有人在寫作裡看見。甚至，照見一場好天氣，也足以堪稱幸福。不可盡數的幸福，相對悲觀的那一面，保持平衡，維護了最理想的秩序。

雖然偶爾會傾斜，倒往倦怠的一刻。但這是我們一直都在嘗試的，也必須要這樣。透過如此的反覆，是會逐漸清楚，幸福的面貌。或許，一時之間仍然模糊，可是終究會有所回報，在萬物渺小之處。

於是明白了給予，是獲得幸福之後，所能付出的事，同時也能更加寬闊。行路雖不至於從此無憂，但坦途想必會踏實不少，也就能再往前走一些。

幸福不但在於生活，想要轉開認識自己的鎖，幸福也會是一把很合適的鑰匙。我總以為，尋找幸福，其實也是在探究自己。多深入發現一點，感嘆可以不用填於萬千。

這樣得出的思索，用現實的角度來說明，意謂塵世裡不能沒有幸福。

不可或缺的幸福，是既貴且重的。相當於能夠開天闢地，也能用來補綴，而你的心，正是容納的居所，和煦因此發生。

也是在後來，我們因為幸福而認識，而給予，而前進。不再是單純地，以昨天期待明天，而是在今日之中，去珍惜所有，共同的想望。

我想，這句話，固然是好的，卻只對了一半。比這更大的幸福是，自己可以跟這樣的人，牽著手一起走到未來，也不必擔心步伐失調。

而我們正緊握著彼此，手心裡寫的，無論在哪裡，我愛你。

圓滿的接近

世界終究是變化得太快。時間不舍晝夜，一再證明，當中的故事，如何流轉。

而春夏秋冬的更迭，又彷彿與此無關，獨立於所有的眼界之外。擁有悲歡離合的，從來是這一個人字。僅僅兩筆，卻勾勒千萬光景。被訴說、傾聽，與沉澱，然後擁有，於是打從心裡，可以對抗起整個世界。

只是失去的也同樣地多。雖然並不是每次都會如此，但悲傷往往較為深刻，使得種種高興之事，委屈了些，不過並不減其分量。

所幸有這樣的認識，讓回憶的光輝，始終美好得耀眼。我從中明白，看得確切，那是你帶來的；若不是你，這些文字便不成章，亦不斐然。本該充滿光彩的世界，恐怕是要黯淡下去了。

對此，我們都在努力著，也瞭解到，並不簡單。因為路途是必須腳踏實地，去走出來的，經歷的風雨，也同樣得承擔起來。而終於有了輪廓，我們的生活。

因為感受了時間的洗濯，而漸漸清楚，世界上有一種相信，卻不是希望你因為我而相信，必須由你自己去發現，意義才能被彰顯。

於是擁有的，便多了起來。我們在這時間之中，創造了一方天地，星辰日月，花木鳥獸，一切都在適合的位置，商量變成只是形式。但如果願意，我們隨時可行。

這樣的象徵，不是代表順遂，更不是從此再無失去，而是懂了何謂平常。此間議論，當有私情萬縷，由我們針鋒織就，回憶的錦緞。讓我著實感激，暖和在心。以你為名，而舉世無匹。

放眼世上，千金之物，常有且易得，雖然，人不能以物相擬，但你確實是最難得見的。即使與你相視終日，我仍不明白，自己是用了多少幸運，換來這值得傾注一生的時刻。

經過無數的每天，所累積之後的現在，我相信，得到的東西都有可能會失去。慶幸的是，我們並不是誰擁有誰，彼此是屬於交心的陪伴。

無論世界如何變化，此去經年，我們看到的，仍然可以是四季如常，是晴雨依舊，是美食當前能一嚐盡歡，是飲酒半酣也不會踉蹌，是路途漫長而不曾離散，是想念時雖不在身邊，但相處以來匯聚的點滴，所得到的愛，能夠長存心間，直至下一次相見，而成我們圓滿的接近。

你會成為你

這個世界，真正的面貌是怎樣的？我以為，你所處的環境、所閱覽的媒介，以及所相信的價值，一點一滴，從小到大，建構起你看見的世界。

儘管每個人的世界，是如此不相同，但也有許多共同之處。例如：風花雪月、悲歡離合、生老病死，存在著每一刻；例如戰爭與和平、富貴與貧窮、白晝與黑夜，重演著每一天。

是這樣的世界，而你我在此生活。有時候則是，無可迴避地，被迫看著這個世界，和自己的世界，有所出入。但你會很快地明白到一件事，那就是你會接受這樣的世界，即使裡頭有許多不忍心，和不曾體會的苦痛。

我應該要告訴你，這種光怪陸離的世界，要怎麼去面對嗎？我想了想，我的方式未必是你能適應的方式，比較好一點的作法是，傾聽與陪伴。你必須由自己決定，如何看待一切。

這從來都不是一件簡單的事。有誰可以始終都瞭解世界？甚至，大多時候，我們都看不清自己。所謂的世界，往往反映著內心的想法；而這些想法，又不斷影響了看見的世界。如此循環，難以超脫。

關於眼前龐大的世界，渺小便是身為一個人背負的悲哀。

你轉頭望去，遙遠的烽火，依然連天，雖然看不到細節，但確實有什麼正在消逝，那也許是生命，或者建築，更可能只是一隻飛蟲；你斂了眉，打開另一個視窗，可愛的貓狗，異地正盛的風景，著實讓心情好上許多。總之，這些事情，都在發生，是可以同時地，完成你此刻的世界。

處於一個無力改變的現實，突然你會感到疲憊，心宛如墜落，沒有任何理由的受累。這都是很正常的，有時我也會如此。是人，都有可能抓不住自己，讓世界頓失顏色，陷入無比的黑暗。或許更乾脆一點，覺得全部都可以放棄不管。

所幸我的世界看得見你。黑暗中得以找到出口，光明裡更添柔和的色彩。於是，能夠踏實地相信，就算世界無常如許，我願與你分享溫暖，帶著擁抱告訴你勇敢。

還有，要告訴你的是，不必繃緊神經，想著去打敗世界，那樣太刻意了，也沒有可能。只需要去守護你在意的事情，日復一日，你會成為你，就是世界的主宰。

承載的意義

沒有與你相伴的時間，我除了寫詩為文，最常做的事情便是看書。看起書來，總先稍微翻個幾頁，念字裡行間，若覺得有點意思，就會打定主意將整本書看完——即使途中發覺這內容並非我所喜，還是會要求自己必須覽畢——另外也告訴自己，不要侷限類型，每一本書都有承載的意義。

當然，自己還得先懂得如何判斷好壞，此書值不值得，以時間投資。這區別的本事，就得回歸到平常累積的閱讀量。

一個人有沒有閱讀——具體簡單一點來說，這個人生活裡有沒有書，是看得出來的。一個善於閱讀的人，他會告訴你有什麼書，可以一窺究竟，並能指出一些參考之處；或者當你提到哪本書，他即使沒有看過，也能舉例類似的書籍，再不然，也會表達出好奇的感覺。

書不但是一種充實自我的工具，也能反映出一個人的樣子和底蘊。

當然，就這樣憑著個人喜好和憎惡，去給一本書下價值的定論，確實是太過武斷了；任誰都不能否認，大致上是有一些條件，能夠讓讀者當做參考去選擇。畢竟，時間還是由自己掌握的。

於此看之，其實閱讀跟寫作並無二致，都是充滿唯心主義的事——這是相對寬容一點的說法，而藝術更是對繁多形式來說，最好的概括詞。

正因為裡頭一切不受拘束，所以你知道，在朝露與閃電之間，可以有悠久的感嘆；在春蠶跟夏螢之中，可以有徘徊的短暫；在百川和千山之下，可以有洪荒的沉默。一本書的開闔即是天地初始，雲靄當為思想。

但我更知道，看過許多書的我們，你亦明白，一本書，如果鮮少人瞭解，甚至有朝一日，不再被誰翻動，就像一個人的生死，被判定在永遠停止的命運，那是何等悲傷，和難以忽略的心境，文字寂滅，當是四大皆空。

即使每一本書的產生，都預先背負了殘酷的可能。

如此無上的解釋，是否流於誇飾？對一個善於閱讀的人而言，確實如此，尤其是撥冗去翻閱的時候，那真是無言以對。不過身為一個作者，將我所見所聞，關於你的美好，不計時間的消逝，逐字練句寫成書，和你一起分享這些文章，並為之感到溫暖，讓光輝成為我們的形容，微笑分明，是最美麗的事。

你有屬於你的方式

我偶爾會想起，一切都在學習的小時候。在晚上走，一條寂然的巷弄，傍著外頭幾次呼嘯而過的車聲，我憑著路燈，看著自己的影子，知道那不過只是一種物理現象；要到很多年的後來，才明白，那被人生所賦予的真實意義，是隱喻，是昭然的提醒：是因為有光，而有了陰影。

而我明白更多的，是擁有的幸福越多，遇到的陰影就可能越大。但我都反過來想，原來我被幸福圍繞著，我由衷感謝，我的幸福是你。我總是這麼想，陰影就會少了許多。雖然這本來就不能阻礙我前進。

但我明白你不是的，不能像我一樣看待陰暗的一邊。因為你是個獨立的人，有自己的想法。

我要做的，我所能幫助的，從來就不該是去改變你；而是懂得尊重，你有屬於你的方式，那樣的好，才是能交給時間進一步發揮的好，好到有一天你可以自然地跟內心對話。

我相信你會的。你是那個會成長的人。

我明白你是的，不能像我一樣看待陰暗的一邊，所以你會找出更多讓自己幸福的來源。雖然，你還是會忍不住回頭去看，那些讓你感到疼痛的事，也許無法真正地對淚水和解，但你要記得往前看，視線應該要落在未來，不要為了過去的痛苦——甚至不是你的錯誤，踟躕腳步，你是美好的人，一定會有相當的幸福存在，在你的身邊珍惜你。

我希望我可以是你的光，至少在有我陪伴你的當下。在那些可以看見你的時刻，我願你心境的安定從不難得。你可以只看顧自己的幸福，世界表露的厭惡，全然不管就好。

我不敢說我給你的幸福，放在這個世界上是最好的，照標準顯然不會是。但那必然是我能付出最大的限度，而且會為此更加努力——只能由你判斷，要不要接受。若是強加了不適合的愛給你，想來幸福本身也會嘆息，在不知不覺中轉為陰暗的頑逆。

也是因為有了這層認知，在相處的時候，更能去推敲你的心情。儘管摩擦在所難免，也能將之轉為一場敞開彼此的對話，讓我們的今日和明天，可以走上更平坦的前途，去看見我們約定好的世界，所謂的平常幸福，繼續存在你我的眼中。

輯三

是你存在的絕對

每次我看著你睡著的臉龐，從睫毛到下頜，我心裡總是會想著，我可以一整夜就這樣側身凝視，沒有睡覺也沒關係，我可以迎著晨曦，在一天最好的時刻看見你，那是一種獨一無二的幸福。但我更清楚，最好的時刻，並不是只有那個時候。

因為你在，時時刻刻都是最好的，幸福得讓人變得貪心，想要更多願望，而我們也會逐步實現。

我想真的是如此。無論是看著你睡著、獨自在路上行走、吃著食物喝著飲料、坐著或躺著放空，甚至就是現在——我寫下這些文字的時候，我會想著，我們完成了哪些願望，未來，還有哪些願望，時間會帶領我們抵達。我從不懷疑。

因為有你在，我們做得到。於是喜歡的花開了，烏雲也會散去，陽光並不遲來，遠山在眼前，海在視線所及，雪也成為風景之一，最重要的是，你我從不缺席。

是這樣每一個微小的，由我們耕耘的，而茁壯的幸福，在彼此的生活裡，隨著日子成長，記錄日子的特別，沿途，以笑容和淚水栽植，也全都是喜悅的根本。

除了你，不會有比這些更好的事。我看見幸福的輪廓，透明卻充滿身邊，經過召喚便是實感，那跳動著的感受，原來，已經是我的心。

所以生活，需要慢慢布置而成的生活，都是願望，幸福都是因為你是你。我始終希望與你共行。在這條路上，你是唯一的嚮導和伴侶。只有你，可以指認最好的風景在哪裡，不用任何說明，我也能知道確實沒有問題。

你就安心地入睡吧，再險惡的黑暗，有我為你終夜守護。環繞周圍的幸福，都是最光亮的照明。美好從不會只是夢境，那些都是真實存在，而且，由我們掌握和創造。

於是我能夠就在你的身旁睡去，不管我睡得有多麼深沉，我也都能想像得出來，從我的眉心到鬍髭，你輕輕地細數，微笑，並跟我有了同樣的念頭：因為你是你。

因為你是你，因為我是我。那麼，也因為我們是我們，所以相愛至深，每個願望的達成，絕不是僥倖。更多的喜悅的可能，我們正在一步步，往前邁進。你該知道，其實晴天，佔了我們生命的多數時候。這當然也是因為，是你存在的絕對。

所有情緒的前方

與你走過的地方多了，對生活的朝氣也豐富起來，想起這些記憶的次數，總是與日俱增。不過，我也會想到，偶爾的爭執，也同樣是我們相處的結果。

儘管我們費盡心力去避免，也無法完全阻絕情緒可能的破口。畢竟，彼此經過無數日子，親愛也親近，個性也都了然於心，因此也容易在無意之中，觸碰了對方的逆鱗，自成幾許傷痕。

看著一瓣瓣剝落的鱗片，我已經不再怨懟，只看做是付出和珍惜的感念，妥善處理，整頓自己。

當我能夠如此面臨，傷害所起的反感，也就會消除許多，並再一次得到更冷靜的角度，去審視自我的不足。

為了我們的愛情，必須更加強悍，現實不是只能看著無憂的夢幻，仍有責任得承擔。無論是離愁，或是愉悅，都是該細心對待的。如果不這樣做，我們只剩凋落。

這是對生命的謙遜。我和你相知攜手，是為了讓對方更好，每個今天都會勝過昨天，明天亦將超越今天。

若能做到這樣，也算是離圓滿再進一步，對分裂又遠了一些。我們都明白，這得依靠長期的努力和堅毅，甚至要走在所有情緒的前方。

不輕率由情緒牽引腳步，才能使彼此穩定。不變的話語，不動的信念，我的世界順應而行，無論我從什麼時候、什麼地方起身，穿梭城市的相隔，終究要到你的跟前，完整地代替想念，存在之必要，才明白了脈脈不得語，原來銀河並非不見，就只在你我之間。

所幸大多時間由我們分配，相見亦不是多艱難的事。關於其中的便捷，還算是這塵世百般慮患，少數的好處之一，這是我們存在的必要，一個人的分量也是。唯有這些存在，被各自的日夜不停地淬礪，而後從對方眼睛所見到的，凝視的閃動，也能顯現思念之重和可貴。

於是背負一切前行，將承諾逐漸化為真實，卻也深感日子獨自，不應該再把神思用於傷害。我要和你扶植鍾愛的草木花卉，為喜歡的書籍打造滿牆的居所，即使在冬天，也能夠懷有春日的溫暖，構成最自適的風光。

都是關於愛

我們相識，一起走一條路，眉梢經歷喜怒，雙眼看過笑淚，是這樣從開始到現在，繼續走著，我們的一條路。

路上時常和煦，偶爾雲霧飄忽，使我們不得見到對方面目，縱然星辰有光，卻也昏暗欲墜；幸好，青鳥仍舊為彼此探看，讓我們能夠順著幸福，往前走著。

過程的進展，把許多顏色變得鮮明起來。我們因為默契，確定了目標的方位，儘管有所磨合，也在心裡形成更深一層的體悟。

我們在日子裡舉目回憶，承擔行跡。能與你在同一條路上，並肩扶持，彼此都盡可能地包容，對方個性尖銳的那一邊。

雖然，觸碰了也許就要流血，也許痛苦就是莫名，無法根治；但我還是想要和你依靠著，看你規劃想去的地方，做你會感到開心的事情。你的笑意，是我擺脫所有苦惱的勇氣。

無論我們走了多久，我都盼望，每個時令的到來，是你和我度過。只有你在身邊，那個世上最特殊的意義，才能顯現出來。看見的同時，我們知道，不會有什麼比這意義還要珍貴。

所以路途有多遙遠，這珍貴的存在有多重要，也就不言而喻。可以說，這路上一切美好的風景，若不是你的陪同，我是看不到的；我所見的，都將只是尋常道理，沒有遠大的深意。

但青鳥引領我們，或者我們就是青鳥本身——因為愛，而感受到的幸福，由我們保護。於是容納萬物，使生活深邃。未來，正等待我們振翅前去，也看見了自己，對你有多少感激。

是因為逐步熟悉，而明白未來可觀的朝夕，必須是你，陽光照映你的身影，思念才不至迷途，歲月有所依歸。等到終於變老的那天，我們可以無畏滄桑，亦能無關風霜，一再明白廝守的自然，原來這樣簡單，不過是把握每天，撫著你的容顏的時間。

在相見之中，無數的擁抱你，都是關於愛，新舊的感動，融合而綿長的開始。如此累積起來的片刻，每當我們在文字中指認，都滿是眷戀，因為你的好而成篇。裡頭，有最沉著的寧靜，所延伸的光輝，都在不斷地提醒我，即使一生千里迢遙，我也能昂首闊步。這條路，只要有你偕行，就是最好的前途。

所有答案都朝你而去

只要活著，面對這個世界，就必然會不時問自己，人生，自己的人生，到底是為了什麼？

實在是太難回答了，我想大部分的人都是如此。但倒是無所謂，畢竟，人就是在困惑中，慢慢成長起來的。

日子作為成長的基石，不同時期的我，或者你，都有當下的問題需要解答。甚至，有了答案也不一定能夠明白，因為不同時期的自己，面對一樣的問題，可能有了新的想法。那麼過去的答案，就變得不合時宜，無法有所助益。

對於「人生」這樣龐大的命題，在創造專屬自己的答案的過程中，學業、工作、感情、理想等等，將不斷地發揮各自的影響，使你往後的決定，會變得比較接近自己的心。當然，也會有例外，人有時候是不想做出任何決定的。這無關好壞，亦遑論是非，現實緊繃如弓弦，讓人常在閉眼思索之後，陷入長考泥淖，卻又沒有結果。

但我很清楚，除了理想沒有猶豫，我還想把握什麼——每次奔赴後見到你，在感懷裡想起你，都讓我無比確定，漫長的人生，我願意上下求索，只為了尋找可以和你走過的任何可能。

那都是足以照亮一切的，能夠引之對抗人世的晦暗；即使是一坏塵土，裡面也有無限希望，明日有芽將萌，後來就有綻放最盛的花。這樣特殊的花，必須獻給你。

因為我知道，所有答案都朝你而去。我不用審時度勢，費心創造答案，你的眉目最是昭然，只微微凝視，就平靜了思緒的紛擾。

我能保有如此的心境，在於你總是不吝與我分享美好，使我能夠豁然以當。雖說日子裡必定會對某些事物有所不滿，憤慨難忍，但我可以憑藉你的存在，將你放在可能的失措之前，好讓自己不會把理想的人世相忘。這是全然把你的人，當成我的心了。

你會怎麼回答？關於人生的為什麼。我不能斷定，也無從得知，更不會要求你告訴我確切的答案。我能做的，也應該做的，僅僅是跟隨就好。因為我相信，你就是最暖和的日光，即便有時變化如一場墨緣中最隱密的山嵐，也會神色自若，盡快使其散去，還給我們總是莞爾的風景。

珍惜的層次

人生沒有走到終點，無人明白這道路的長短。而大多時候，我們都在尋覓名為幸福的事物，可能得到，可能失去，各種衍生的情感，都與自己切身相關，然後展開珍惜的層次。

是什麼讓我覺得幸福？這幸福在什麼地方？我常常自問自答，越接近真實越是清楚，那距離的無恙在於，你在風景流連的凝視，只一刻，使我有感，天地就要在這裡開始，會自然汰除悲傷，美好從此豐盛，於是可以烙印為憑，生生世世，都不用擔憂遺忘。

朝夕也是因為這樣的相見，而有相配的幸福。不必從何處拿取什麼，此間心境最是沉穩，不必驚動，亦無惘然。彷彿書翻過頁的輕盈，都在你的笑容；彼此的名字，都隨著底蘊而成章。這是我所知曉的光芒，關於幸福。

你的輪廓，幾乎就是幸福的代表。那不完全的缺少，就純粹只是不能隨心所欲見到你。不過若真是如此，我將不再記得分別的痛苦，以及相見的欣喜。但似乎也沒什麼不好，人生已經有太多需要勞心的事情了。

只要能夠看見你的樣子，那裡便是幸福的起點。再陳舊的時刻，於我們都是嶄新的今日。

當下緩步的前進，都是為了接近，兩個人的一顆心，所牽掛的目標；我的步調再無聲，你都是唯一的知音。

有知音，而琴瑟在。年華常論，只有你不會讓人感到衰老，這都是因為，幸福往往使人寬心，我也能在所有的光陰裡，去擁抱我們，讓愛更加殷勤。

唯有不斷理解彼此，在付出之中做出調整，修正不該有的態度，我們才可以更深切地體會，何謂幸福著對方的幸福。

我想你也有這樣想過。在我的模樣，看著你的時候，不必任何隻字，就能莞爾——那是長久的喜怒哀樂，讓我們得以解釋，明天我們將往何處去。即使是尋常，和你的共處，所有顏色都不平淡，世界不時煥然。

於是我慢慢地明白，其實不是歲月帶來了改變，而是這些每天之中，有沒有你。我知道，這件事比什麼都更重要，只有將你放進了一切，也就沒有什麼必須珍惜的美好，會讓我來不及。當我的幸福是這樣的實際，無論與你在哪裡，那就是最悠然的天地。

和我認識生活

我在忙於自己家務的時候，總是會想著，這是未來的，我和你的生活的一部分嗎？或者，在你家時，等待你做好簡單的早餐，我也是會如此想著。這即是幸福了。

幸福是一種努力過的安定，力求生活的盡可能圓滿。以致後來，面對留白的風景，都被我們點上顏色，渲染成一派山高水長。

是始於與你的相戀，展開愛情的所有，因而衍生思念，是我們對彼此最深的惦記；惦記的更深之處，蛾眉宛轉，總有一天。

在那一天抵達以前，我們會先在某些昨日，透過幾次討論，一系列計畫想去的地方。接著便是讓日子發酵，等候一場沉醉的時刻。

日陽側照我們的身影，那裡應當有海，拂面的涼風將止未止，或許還能聞到些許眼淚的味道；轉角的巷弄必然有咖啡廳，推門而入，選擇的甜點和周遭的擺設，都成了手機為美感留下的瞬間；背負行囊於車站隨人潮流動，而不擔憂迷路，只因彼此在對方掌心。

又或說思念在行走夜歸的途中，不疾不徐，輕輕揮手，要為你招來月相，直至能夠得見的窗外告訴你，我願在此護你深睡，盼你夢中無魘。

相處種種，詮釋相戀的可能。於是明白，我們繼續生活，不因年歲增長而荒廢戀愛。我每一天都要提醒自己，不要忘記，不要忘記想要珍惜對方的心情；如果沒有了話語維繫的心，沒有了感受彼此的心，那還能算是戀愛嗎？

缺少一顆這樣的心，是不可能得到任何喜悅的。所以無論一起前往哪裡，我總是要看著你；待在身邊，想的是時間可以從此永恆，遺憾之類與我們無關。

是你，在未來的未來等著我，因為總有一天還那麼遙遠，日子還那麼多得不可勝數；所以你現在就到來，把記憶的寶匣打開，和我認識生活，把每一個此刻都留存。

我們終要有我們的生活，在平凡中知道你的姓名相伴，而一切都將不落平凡。

然後有一天，當我想到，彼此已經是現在了，那真是一件值得喜悅的事。例如破曉將至，你枕著我的臂彎，或我從後擁著你，在一個偶然，我們同時醒來，額頭輕觸對方的意義不為別的，只因有你在的生活，如此可愛可親，完整了我們。

記得天地之間

我們都覺得，隨同日子的乾淨俐落，直到某一個時候，將在屬於兩人的空間裡，為日常的扶持而熱絡，為熱絡而貼近，為貼近而無我。至此，看著對方就是自己的生活，感受現在的完整，為何重要，以及多麼不可取代。

是這樣殷切的心意，不斷化為動力，會使我們抵達最想去的地方。

或許我們要問，或許後來就不問了，這樣的一個日子，就存在你我的相合之中，再發展成一種默契——很多時候，你知道我會為你準備好。像是雨落得突然，而我會從背包裡拿出摺疊傘來，將最大的限度遮蔽，給了你，同時也不允許你，把傘推往我這邊一些，衣物淋溼對我而言，從來不值一提。

因為我希望你，能從每一次類似的呵護中，體察到我的心，記得天地之間，只有堅持了對自我的完整，才會知道在許多複雜當中，這樣可能是最簡單的事。

一個念頭只為你，一場行動只為你，一種生活只為你，盡力尋求夢想與現實，沒有多大分別。任誰都能體會，當中其實困難如重。

所幸我們都往那裡走著，一個月份接著一個月份，刻劃看見的愛。這到底是重要的，無非意義必須自己注解，認真地思索，才能使言行一致。即使歸於悠然，在瞳孔的深處，也只見到你的光輝。

我們會在後來的後來，陽光從枝葉縫隙的透露之下，端然而立，微微仰望，明白究竟得到了多少；在我身旁的你，那隱微的傷痛，是否可以終於無恙——思及此處，我是知道的，能夠走到這裡，是因為你的忍耐，我除了感謝，只有更加踏實地回報，才能不枉費美好。

彼此之間，為了多得一點擁抱，挪出一些話語的溝通，是必要且不該躲避的。我想，你仍然不擅長這樣的表態，那也沒關係，我依舊會走到你的眼中，繼續張羅一切的陪伴。所以重要的事，充滿我們生活，這已經是共識了。

也是唯有這樣的認同，才能在氣象的變化之中，不害怕風雨的侵擾，而能不移意志，前去諾言應許之地，依偎細數，多少晴朗，多少笑靨，與我們——只獨特地與我們相關。

在季節的環繞

沒有住在一起的緣故，我們花了許多時間在交通這件事，儘管過程並不算短，即使頻繁也不覺得辛苦，因為心裡很清楚，只要過了這段時間，我們就可以見到彼此，也就一掃奔波帶來的累積感，而精神煥發。

雖然，與你見面，不一定都是歡欣，有時候是傷心和爭執，趁著對話的困境，參雜了其中；但在這些時刻背後，我總是領會到，這樣形塑的明白，於我們何其重要，且無法缺少。

如果我們不能做出最直接的捍衛，那麼，靈魂勢必會一點一點破碎，縱然有再完美的理念，也不可能有達成的一天。我們的時間就只剩下傷感，無法有明顯的進步，而嗟嘆不已。

我始終感謝情理之間，你保存的自我，蘊含了最好的自然，在季節的環繞，我們可以隨時對視而笑，僅僅用眼神，就能夠解讀所有，愛的分量，風光的寬裕。

所以相隔多少距離，真的不以為意，我們的天涯，是可以掌握的咫尺。無論黑夜或白晝，想念如何臨淵——當彼此動身，就是融合的接近。忘了時間曾經的緩慢，且消逝地不可理喻。

如果想攜手走得長遠，那麼如此對愛的琢磨，是交集的必然，有情的團圓，應該的承擔。

這些都將使我們對於世界，有了更全面的認知。從今而後，你就成為了，思念唯一的指南。

見到你，彷彿是此生的使命，從不感到勉強，或是任何的遷就，我視為對愛的承當，珍惜的說明。於是付出的自己，從中得到滿足的安詳，成為簡靜的平常，生命的真實。和你的語言，只有愛才能夠表述，否則難以分明。

是如此的認識，而愛逐漸合適。或許，有些稜角還未磨平，也可能就是個性最獨有的地方，那不如與之共存，在責任裡成長吧。

成長不會是偶然，當我們願意共同迎接日子，就已經開始了。遇到的各種苦樂，都必須去學習，是為了你也為了自己。

於是每一次見面的前往，都是靈魂的指引，為了懷揣的心，這樣一顆跳動思念的心。

所有的時間都不會是虛無的，因為我們而有了樣貌，有了安放的去處，用一種推展的方式，記載彼此交會，有日有月，有山有海，步伐相伴，起舞在人間。

更值得牽掛的事

與你往來以後，不管在何時，當我想起你，全部的溫暖圍繞身邊，是最常出現的事。

是凌駕於所有傷害之上的，那樣確實無比的自然，是鑲嵌在生命裡的重要部分，且持續地和我成長，進而讓自己有恃無恐，更能認識彼此的情緒。

然而，也只有你才知道，我們在當中，耗費了多少心力去鞏固與維持，並珍惜現況的姿態，是多麼得來不易；那些磨損且傷神的時間，卻都在此刻，由外到內，從生活的每個角度，慢慢地成就了我們。

所以，看著與你出遊的時光，總是如此接近地不像曾經，一切都歷歷在目，似乎現在就是那個當下。而我也深信著，明日也會迎來那樣的幸福。這樣的美好如初，都要謝謝你，比我更相信我們的日子。

沒有你的從前，我找不到任何理由，明確地回答自己，用一顆殘缺的心，所感受到的幸福會是什麼樣子。此後我才瞭解，原來這樣接收到的幸福，仍然是有溫度的，是無法忘懷的；那簡直是要將自己的心，揉碎如雲，也只為了尋求一絲與你的愛，有圓融的可能，不必憂慮只是一場夢境。

必須有你站在這裡，抵達的人只能是你，這兩件事如果缺少其中一個，相愛就不會成立。

我想，我們都同樣是在某一個時刻知道的，眼前的這人，用了自己最大的力量，和掛念心頭的寬容，才能讓所有的時令，運行自如；因此漸漸地懂得，要讓付出相當，之間的平衡才會適合。

於是，和你不知不覺就笑起來了。這樣的情形，也越來越多了。何以致此，除了時間的平整，一點一點磨去身上的不馴之外，也不是偶然，更不是過度的察言觀色，實在是太多的契合滿溢。

生命也會越來越好——至少我們都希望，能夠和對方落實知足的方式，生活過得久遠無傷。我們不需要懷疑，這樣的一種安然，是否存在，因為你的身影，說明了有如此的人世。

我們有更值得牽掛的事，等待著心思的光亮去完整，驅散可能的陰暗，把時間延續更多的風景，長存眼裡。此去煙波，也都將散盡一切愁緒。因為彼此，不再有所迷惑，已經知道自己該如何走，才會到對方的身邊，擁有最了然的幸福。

守候的輪廓

我不懂的事情確實太多了，以致你讓我明白了愛，有時還覺得自己在夢中，直到你的手的觸感，撫過我的臉頰，才相信是真實的，然後，回給你一個相當的微笑。而我其實也知道，這多少有我自卑的緣故。

但我學會了，不管在什麼地方，都要一直告訴自己，愛與勇氣是同樣重要的力量。

那個人是你。我必須承認，這樣的領略，雖然是我學到的，卻也是你教我的。如果我只是憑著我的愚鈍，那我即使走遍了道路，用盡一生的年歲，也不會知道，表現愛的力量和勇氣，是多麼難能可貴。

而我為什麼，要這樣不斷提點自己，是因為人的心境，會對過去那些錯誤的事情，感到懊悔不已，讓現在的我們，深受其害，甚至情緒難平，任何潰堤的時刻，都恨不得化身修羅，壞盡此刻一切。

只是摧毀了眼前，前往幸福的正途也不會就此出現，只會過分悲切。倘若，你非得要一場叛逆，才能稍微解氣，那我願意背負，那從痛苦生長出來的荊棘，只為換你得到力量與勇氣。

我想你是非常明白的，我已不用言語表達，你便知道我愛你。縱然思緒像海上的風浪起落，你也能看見我守候的輪廓，因為你，那是最堅實的燈塔，不會有任何離棄，你知道我愛你。

勇氣如同天上星辰，雖然看得見卻碰不著，卻總是有最深厚的鼓舞。讓我牽著你走，不畏傷害的黑暗，力量會從兩顆心的相印，在需要的時候湧現，這是幸福真實的美好之一。

因為我明白了，所以也希望你清楚，愛可以讓我們變得更好，這不是虛妄的道理。當我們繼續珍惜，在生活中的細節，彼此感激，那就不會迷失，曉得一舉一動，都源自對方的掛念，流溢每個日夜，終於沒有你我，只有你存在而我才存在。

我是那樣地努力記得——但我不能言及努力，這樣由自己說出來，實在太多慚愧。我知道，每個在當時許下的承諾，只需要能夠通達未來的行動。

時間帶著你我前進，已經有了屬於我們的文明，相處的故事裡，有很多不會被抹滅的美好，我們將不停寫著，因為彼此深深地愛著，而歲月落在身後，默然地鐫刻，關於幸福的見證。

輯四

你比誰都更明白

每當我為你寫下文字，一字一句，終於成篇，我總是會再多看幾次，並對此感到開心，但這並不是覺得自己寫得很好，而是我從中感受到了確實的幸福，無可取代的，有常的幸福。

是我認識的你，你所發生的美好和一切，構築了這些篇章，並與我交出了愛，讓願望有可能在某一天得到實現，在那一天的之前和之後，都不用為失去而過於擔憂。

我們也都知道，現實不會全然無恙，必然會面對生活的磨合，這是關於相處，我們要一起尋找答案的過程。

如此的發展，是為了什麼呢？每一次寫完文字，又一次想到這裡，我都會那樣問自己，好像如果我不這麼問自己，文章就不算有一個滿意的收尾。

有時候不免也會想，那時候的我們，已經更有智慧和能力，處理之間的爭執了嗎？

我想是的。正是因為存在了這些問題，我們才有機會去交流彼此的心意，然後對未來更進一步，陪在對方的身邊，即使獨自四顧，也不會有無措之感。

我知道你明白的，遠遠超過我在文字裡告訴你的。因為愛，本來就無法敘述；你和我，應該有一樣的微笑。這是我認識的你，同樣也是你認識的我；我們是用擁抱和行動，去證明我們不願意只是做夢，更要一起打造生活的布景。

想到這裡，就會覺得，這一切都是因為你的美好，讓愛豐富了起來，自成最特別的光景；而我有幸身在其中，任憑時勢如何變化無常，我有你賦予的浪漫，怎麼前進都不會迷路，有你在，所有事理都會明朗，我們只須順其自然就好。道路是由人——從我們的腳下延伸出來的。

那就讓我繼續為你寫字，繼續和我去見識異地的風景，繼續陪我揉合生活中的世界。我知道，無論時間會多漫長，我都不會覺得倦怠，因為是真正的愛。或許還不完美，甚至，永遠都不會，但其實也不需要所謂的完美，我們只要盡所有努力做到最好；唯一的定論，在於不是你就不完整，和我一起，把這樣的答案放在心上吧。

因為你比誰都更明白，我們真的有著一樣的微笑。

我們的此時此地

現實中有許多刺痛的事物，遭遇的時候，總是讓人不得不停下腳步，衡量環境，整頓思緒再出發。

當然，也有可能封閉自己，在厭惡之中，學會了最深的藏匿。

由於人世的悲喜無度，離合或在旦夕。倘若自己的心境，可以保持著如此的存在，那麼即使日子有所沮喪，也不會忘記往前；無論是面對黃昏或早晨，都是無限好，能夠秉承時間的自然，找回超脫的態度。

只是所有情緒上的鍛鍊，從來都不簡單，並不是隨著年華增長就能達成的，其中必然加入了對於人生的覺悟和珍惜，以及平衡的執著，才不會過分浮沉。

因為這樣的不容易，所以擁有的幸福，都將自恃起來，可貴成了定義。而我，清楚自身的幸福源自於你，只是看著你，就已值得慶幸。

凡是與你相關，便勝卻人間無數。至此我才懂得，原來讓我還能走到今日的力量，早已不僅是對於理想的體會，更多是你的陪伴和支持。

在我們之間，曾經有過許多對話，如今亦然，這是一件絕對的好事。或許，過往有些動盪，使我們的心中留下傷痕；但我們也看見了，從缺口透進來的不只是光，反而流溢出更多的耽溺，讓我們的歲月充滿甜蜜。一切不再是過猶不及，都漸漸符合彼此的時宜。

於是我也發現，舉目望去，無論天氣好或不好，道路平或不平，人生順或不順，我其實——好像也不會再顧慮那麼多了，畢竟這世上，不可抗力的事情還會少嗎？我能做的，也應該要做到的，不過就是維繫與你之間，所有可以努力的事。如此也是在創造，我們的愛情最深的完整。

所以我將你看著，看遍了又嫌不夠而擁抱，哪怕只有一時半刻，我也不想遺漏絲毫。當你也是這樣對待著我，幸福的美好不用我們呼喚，就會自然而然地浮現，為我們排除任何疑問，帶著最溫暖的生活，來到我們的此時此地；身邊遇見的每一個事物，都會告訴你我，幸福在這裡，於是心中滿是感激。而生活必須如此，才能夠在所有的處境之中，給對方最穩定的力量。

我想我會一直如此

自從某一天見面之前，我先到了花店，為你買了一束桔梗，那花就好像開在我心裡一樣，顏色從未落盡，象徵純潔的白淨，均勻地抹在每一片花瓣上。

但其實，那是好些日子的事了，再怎麼悉心照料，花終究也有凋零的瞬間，更何況是被剪裁下來的花，消逝的時刻已被註定。

怕家中的貓去誤食，考慮過後，你總是將得到的花，拍下許多美好的照片，再放在家門外鞋櫃上的長瓶裡，注入清水，任其自然。我每次看見這些花，都覺得即使在晚上，那裡也是一處熠熠；就算在白天，同樣讓人感到奪目。後來我想了想，會有這樣的意義，並不是花的緣故，而是因為那是給你的花。

任其自然，我當然也看到了花的凋落。

一開始，對此我都覺得有些可惜，畢竟是那種看上去，就會讓人心情可能轉好的事物。如果可以，我倒是希望家裡日日有花；至少，培植幾樣盆栽是必要的。有緣意的生活，我以為那對身心的發展才是健康的。

就像看見你的笑，那是帶著宛如陽光的溫暖，從我的視線進入，在心裡一瞬間蔓延開來，我覺得情緒是健康的，愛情是理想的，幸福存在身邊每一個角落——事實上是這樣沒錯，但偶爾也是有低迷，與枯萎的時候。

所謂的相處，正是如此。我們必須反覆在其中，成長，累積，然後到達下一個季節，讓日子可以變成更好的姿態。

從盛放到凋零，在花的生與死之間，後來我也明白了，我買的並不是花本身，這樣實際的東西，而是為了博取你的歡心，這麼說聽起來或許有一點廉價，不過我往往所想的，是幸福本來就是容易的，不應該被外界的想法所侷限。買一束花，使你高興，廉價與否，從來不是我考慮的角度，唯有心裡充滿算計與利益的人，才會如是想。

任其自然。在應該買花的時候，買你所迷戀的花；在不應該有花的時候，我當然也可以，為你帶來一束花的美麗。

我想我會一直如此。只要讓你深切地感到被珍視，和自覺幸福，那麼，花——就不會只是開在我的心中，同時也會在你的心裡繁盛，顏色皆是當時純然，再也沒有走往零落的可能。

是你的現在

塵世裡我們總會見過，許多斷垣的灰暗，或殘壁的蒼翠，都是不得不見之物，好讓我們從此發現，生命的本質，終究該是好的，且自然地不需要你去掌握，就在心中持續地成長。

走過千山，才知道遠方的開闊；看遍萬水，才清楚臨近的深淺。這些陳述，沒有盡頭，亦難以詮釋如何起始。我在裡面明白文學，創作之必要，靈感的形成。而你，帶來了更多可能，重新定義了日子。

面對如此調整的影響，使我更相信，在我擁有了自己的文學之後，我現在想要尋找的堅持，是會讓你感到開心的事，無論有多少，每一個我都願意盡力去完成。在事理的斟酌中，也沒有別的什麼，會比你欣喜的模樣，更能讓我幸福無比了。

這是因為我們選擇披著晨光，和對方並肩看同樣的天空。或者，在同樣的時間裡醒來，不問窗外的晴雨，眼前的這一刻，是你的形象，長久而深刻。於是情感表露而出，那些在心中成立的名目，便是最豐盛的溫暖。

這也是不可迴避之事，相對於環境有時沉重。如果我們找到輕盈的方式，那麼溫暖將會更適合彼此，作為生活的和善，一切都漸臻理想的堅定。

哪怕只是片語的愛惜，也勝過千言的繁瑣——但我亦是打算與你說上許多日子的，再細微的地方都有叨光，照著我們相顧的臉龐。

沒有保留地對待，我想，唯有如此才足夠勇敢。在更多的尋找之後，有更多的幸福給予彼此。

時間也會一天天，替我們鋪展明日妥當的處境，於是每個平常，都心存難得，此後不負多餘的憂傷。

我同時也明白了，如果不為自己堅持，那是什麼都沒有的。想要思念有形，想要長夜將明，想要歸途有依，那我就該把你的心，當成是自己的心，任何悲歡都要最接近，才能算是一個可以愛你的人。

終究會看見生命的質地，顯示在我們身上，成為風景的見解，更是彼此的特別。這樣想來，我早已不用再去尋找什麼了，只因為最寶貴的，是你的現在。對於世界的種種，我可以不求甚解，只要傾聽你的心跳聲，就能知道，那裡是愛情的居所，有著與子成說的答案。

因為心的活躍

情緒是可以控制的，也是難以壓抑的；有時候是有跡可循，更多是沒有來由。情緒的存在或好或壞，本身就是一種矛盾。

而我們各自的一顆心，就代表有兩種情緒，為了相處，在試圖磨合、理解，以求更堅強的陪伴。只是不一定每次都會成功，這是長久的修行。

從前未及懂事之時，以為全世界的情緒就是那樣了，不曾想過每個人有自己的難處，總有別人看不到的幽微，那些不願碰觸的黑暗，讓自己只能在深邃中環抱雙臂，甘心蜷縮成繭，對於破繭毫無期待，就算在裡面成為碎片也沒有關係。

我都知道的，不光是你，我也曾有低落的模樣。你不需要因此對自己失去信心，那不能磨損你所保有的光輝的本質。

是真正地遇到了痛苦，與發自內心的感謝，才知道情緒，會對一個人造成多麼深遠的影響。尤其是那些從外而來的，愚昧和惡意，是所有醜陋的集合體。

因為不想被就此擊倒，所以挺身而出，只想為你承擔一切苦楚。也是因為這樣，一邊整頓受波及的情緒，一邊和你互相扶持前進，有關你的一切認識，隨著步伐也與日俱增。

每一回情緒的湧現，你總說過往都是忍耐，裡頭太多怨懟難捱，從現實面來說並沒有錯，但我更希望你看見的是，正因為是你做出了忍耐，才讓你的努力不至於白費，也成就了我們的此刻——其實我知道，你也都看見了，但情緒就是這樣讓人震懾，見誰就要傷誰，包括自己，只是這樣也不是你願意的，當中的煩悶，再怎麼說，都是我對你虧欠甚深。

如今唯有持續將功補過，才能為你開啟對於釋懷的一點可能。或許，誠如你所說，不會有這樣的大門存在，我的所作所為，有很大的機率變成徒勞——即使如此，我也要承擔起來，與其擔心那樣的困擾，倒不如費盡心思好好珍惜你。只有這樣做，才能從中成長。

對於我的執著，寧可被你埋怨為自私，我也要為你抹平崎嶇，只盼望，讓你看見最好的時候——讓以為不可能的化為可能，讓可能的變成實現的承諾，讓日月山川適得其所。人生就是這樣，必須走下去。因為心的活躍，我們獨愛彼此。

完美的心境

和你相處的日子，終於也久到了必須藉由輔助的計算，來確認天數的時候了。

這樣的時光，像田野郊外的水流一般，從木橋下悠悠地經過，該說是漫長嗎？倒也不是，但又未短暫到一目了然，因此確認是必要的行動，也是一種肯定。

這種肯定是對自我而言，過去因為不明白真正的愛為何物，所以與你有太多可能的錯過，甚至是難以承受的失去，但現在，我們都還在這裡，擁有一場執著而溫柔的戀愛。

我們同時也知道，溫柔之中，蘊含了許多傷痛，一時皆不可解，更躊躇著彼此合適與否的問題，但這分明無庸置疑。

如此的尋找，如此的眼光，如此的欣賞，如此的完美和不完美，每一個都不是一件容易做到的事情，即使達成，也要費盡心力維持。

尤其，彼此都得有這樣的認知。否則只會是功虧一簣，空留神傷。相處，是應該當做走在深潭的邊緣，踩在薄冰上，要牽緊對方的手，小心脆弱和擔憂。

愛讓你我找到了我們，相似的心，逐漸被歲月塑造為親人。當中的姿態是隨和，也有尊重，還有更多的努力。畢竟，我們在對方眼裡看到的，所想像的朝朝暮暮，是柴米油鹽，是踏實地走過一天，是夜深後相擁入眠，是睡眼惺忪仍然心安。

等到了那樣的日子，想來已有更多事情，證明我們感情的殷實。可能是許多前往的旅行，可能是相隨的紀念日，可能是不少寫下的文字，都將敘述著，沒有改變的起居，沒有因為怯懦而捨棄了在乎的心，沒有讓我們變成獨自一人。

是太溫柔了，所以願意付出心思去懂得。對於愛，我們永遠所知太少，卻必須學會更多，因為珍惜是最好的守護。不希望彼此再為錯誤而受傷，我們已經流逝過多的時間，沒有好好地相愛。已經不想再這麼地後悔，太無能為力了。

你絕對是值得幸福的，我也是足以被愛的——唯有這樣的認識，以及告訴自己，我們才有可能不再回顧，那些劍指對方的苛求，是能為，卻不應該為。我清楚，我們想要的未來，不過就是彼此陪伴，信念涓滴而成的未來，即使有眼淚，那也是像歡笑一般的感動。這樣，完美的心境，也就無所不在了。

盛開自己的樣子

我是一個對植物沒有多深概念的人。

一般人會認識的花卉，我必然也知道，或許還多了一些稍微冷門的種類，若你問起，正好能夠解答，自是幾許得意。但再深問何時花期、用途如何，可能就未必能回。

會這樣的原因，是來自小時候，時常被耳提面命的，「沒事就多看綠色的植物」，既已如此，也就順便去瞭解我看到什麼植物，久而久之，看到植物總是會多留意。而我的視力至今仍然還算可以，大概於此脫不了關係。

植物見得多了，身為喜愛寫作的人，有時觀之，自然加以擬人。我想，對植物來說，最繁華的事，就是開花了。

相對於人，花是浪漫的產物。愛情中，少不了的要角。

但花開花謝，常在數天左右，最後要化作春泥，不留一物。因為這樣，我從以前都不能明白，買一束花，拿在手裡，行走於路上，被路人注目的時候，是什麼樣的感覺。不過現在，這樣的情況，於我已不成什麼問題。我可以很從容地，拿著一束花，腳步很踏實，前往目的地去找你。

你喜歡花。幸好你喜歡花。

去野餐或海邊，甚至是咖啡廳的時候，你會帶花，雖然不是每次，也足以顯示你是有心之人。為了自己的美學，讓拍照的畫面看起來更加和諧，你會準備好一束適合的花，不管路途是否遙遠，目的地有多接近，時間到了，就是啟程。

透過你，我真正懂得去欣賞花。而不再對於購買花束這件事，抱持著不必要的高度理性。最後落盡顏色，又怎麼樣呢？不是早就該知道的嗎？只要擁有的時候，確實地被感動著，那就是最好了。

我知道花是你勇敢的來源之一。在繁花之中，你喜歡桔梗。我不確定你是不是特別喜歡桔梗，但我肯定自己是的。因為你就像是這樣的花。

即使難過傷心，也不隱瞞，尋求永恆的愛，柔順地面對塵世。除了用桔梗形容，你不會是其他的花。

透過桔梗，我看見的不只是花，是代表的意涵。而你，一直在努力實現著、恪守著，並為之盛開自己的樣子。

我對此感到羨慕，和不得不的佩服。與你相遇，是不變的幸運。而我也希望你，無論未來遇到什麼，都能夠從容以待，永遠如此去愛。

和煦的來源

我喜歡創作——精確一點來說，是寫作。

寫作這件事，帶給我的啟發是，在文字之中，你有無限可能。範圍可以小到只有自己，大到則是所有萬物都能掌握，端看本身如何發揮。

我相信，你也明白這樣的感覺。所以你寫日記、閱讀，讓自己有時間跟文字相處。

雖然世界的黑暗不時出現，這樣的光芒對抗起來，甚至微不足道，但卻非常必要，更可以說，是一條永遠不會被抹滅的途徑。

因為文字本身即是信念。在此之中，作者會展露個人的方向，想捍衛的目標，所珍視的事物，都付諸一筆一畫，塑造出一個人，飲一杯酒，望一場雪，臨一陣風，愁一座城，念一片海，種種所見，咫尺天涯，唯恐幾回人間。

這是我的故事，也可以是你的足跡。或許我們都會面對相同的衰老，類似的滄桑，有感於遞嬗的季節，卻仍舊不夠清楚遠方。沿著街道走入下一個街道，街道連接更深的街道。

於是在寫作裡指認，關於我的明月，你的星辰，照著漂浮的想像，因為彼此而落了地、扎了根，成長且繁盛，儼然家園的線條，我們的延續，直至生死的到來。是心願。

文字與人，各得其所。如果不是你的靠近，我也不能發現最和煦的來源。在窗邊，在桌前，在於行走，在於車馬，在於年華，在美好和良善，凡思緒所及之處，你都存在。並不是我這個人才思有多敏捷，是你讓一切有了最大的啟蒙。空隙與空隙之間，也成一瞬的靈感。

維持這樣的意念，如何前行，一個作者跟其他成千上萬的作者相較，絕對是特別的，也不會有同樣的步伐和路線，身影的孤獨也呼之欲出，在眾人討論的背後，再登門心裡的瓊樓玉宇，當能感受多少不勝寒。

但我仍然喜歡寫作，並從中找到自己的成全。過程或許不如意，可是我知道，求仁往往不在一朝一夕，得仁需要忍耐斷垣殘壁。我知道，這一切都沒關係，我早已學會冷眼，自己可以不是自己，亦不曾忘記自己，不再有所遲疑。因為我的心中，寫好一個字很久很久，我知道，它會陪伴我，時時刻刻，即使遭遇任何陰晴圓缺，它的面容也從不模糊。

那個字如此真實，僅僅是你。

從臉頰綻放的笑靨

有個人在塵世裡，願意聽你說話，看你寫字，陪你遊原，與你觀影，兩人若處得來，便事事都和諧。四目相對之時，從臉頰綻放的笑靨，平淡則已，一望便深之似海。仙山不在何處，我倒是從你身上看見了，浩渺的雲靄有所歸，這天下，是要被容納在其中的。

能夠領悟如此道理，也就立刻瞭解這是無比的幸福。每個有你的當下，都是一次記得，得以讓記憶延展。轉頭來看，是孤獨，是不孤獨；有時將信且疑，有時堅志不移——我和幸福走在一起。

陽光高照是有的，也不乏陰雲罩頂，道阻且長，行則將至。珍藏我們遇見的光景，都成了一種知足的感慨。

我在我們的回憶裡，一個季節度過一個季節，有日而喜；一個篇章接續一個篇章，有年而樂。細數看著你的時刻，像花開出顏色一樣，是顯而易見的，我能得到幸福，全然是因為你的緣故。

這是最重要的的事。因為你在，一切美好才有了原形，各得其位，幫我們在細微之處，維持現世的安穩，託付於未來的願望，相信都有實現的一天。

每個願望的實現，和下一個願望的承諾，都是互相的幸福。我比誰都明白，只有你，才能讓我們從容，去面對應該的生活——生活裡有淚有笑，有悲有喜，有苦有樂，有光有暗，都圍繞著一個真實，即是有你有我。

於是幸福的強盛，在於你耐心陪伴的偉大，成全了自己的執著。凡你所愛戀的，我都眷顧。無須再問時間的遠近，我們執手，便是成說永遠。

天下從此開闊，任何文字和言語都無法說盡，你在的地方，那裡的世界才有轉動。而我，是要亦步亦趨的，尋求朝可聞道的不留遺憾，幸福累積的圓滿。

我知道，這不只是每一天的目標，更是一輩子的想望。你在身邊，讓這件事相對簡單許多，以為蹣跚的步履，也更踏實，沒有迷惘，因為你每個時候的輪廓，都會讓所有的困惑迎刃而解。

隨著日子的變化，世事的流轉，我越來越相信，你是幸福的根本。當年歲依然旁觀，當風迎面吹來，當雨淋溼肩頭，當我落下文字，當你一遍又一遍看過，我已心滿意足，沒有誰，能夠代替我們。

我們如常並肩

和你在一起後，我對於這個世界的視野，好像才真正地開闊起來。說是已知用火，倒也不為過。

不問周遭有多黑暗，你在我眼前，確實是一種明亮，而且是充滿延續的，似乎只要跟著你，溫暖就不虞匱乏。

更具體一點明白這開闊的原因，在於你時常帶我動身的旅途。

每次與你看見了風景，我都在想，這記憶，在心上鐫刻，便是一輩子也抹滅不了，將使我成為一個更加懂得感激的人。

我們相偕了不少旅行，若要我說出最難忘記的，莫過於第一次見到雪。雪在你的眼裡，已經不是什麼特別的事情；但對我而言，雪的真實，是把我從認識這個字開始，這漫長且只能想像的時間，整個填滿，沒有一處遺漏。讀破多少詩詞文章，總算得其門而入，領略了當中意境。

我見這雪，不只是喜悅，更多的心思是你。

如果不是你對雪的憧憬，如果不是希望與我同行，我大概也不知要等到何年何月，才能成全這層浪漫的缺少。

身為一個在熱帶島嶼成長的人，雪是難得一見的，更難得的是，合適的天氣。我是託了你的福，旅行的那幾天，無風無雨，陽光伴隨，踏在雪地，即使不便行走，也感到輕鬆愉快。再遠的前程，與你攜手都耐心了起來。

謝謝你，帶我不辭千里而去，搭了飛機，乘了巴士，坐了火車，再走了上千步的路，把這樣的美好，讓我得以認識，於人生再添了一場幸福。

我們這趟白色的旅行，最主要的目的地，是一棵樹。偌大的平原之上，放眼望去，僅存的樹。是多麼孤單卻不違背自然的樹。

那棵樹雖然是打卡景點，卻人煙罕至。我不知道你為什麼特別想看這棵樹，出發之前，我有許多猜測，也都覺得足夠說服自己，但那些都不能當做你的答案。你一定有你的原因。

所以我要做的，只有和你穩定著腳步，一路用雪景，豐富我們的回憶。直到抵達那裡，我們如常並肩，在樹的面前。我仍然不懂，卻也懂了，你為什麼想看這棵樹。我那些成行的理由，全部都變成了一件事：如果跨越了三千多公里，來到這裡，可以許下一個願望並實現，那我最想要的，是你每天都快樂，永遠都有幸福。

輯五

於是我們在這裡

我時常回想著，和你去過的地方。那些光陰，每次召喚，總是鮮明，像是被我們珍藏著的畫作，一幅一幅，沒有期限，在記憶裡展覽。我從內心不自覺地跟著幸福，且充實地感受自己的活著。

在每一次這樣的懷想當中，我都切實地體會到，因為曾經那樣地活著，所以對未來也有了憧憬。

如果能夠幸福，那麼我的希望，就是擁有同樣的幸福——更好更多的幸福。我想要這樣的生活，並將之視為最重要的心願。

說是不會被磨滅的信念，也不為過。我所確定的，最重要的心願，有你存在，你便是關鍵。我們一起經歷了許多時刻，漸漸明白：未來，是從現在走過去的。

我必須把握現在，才能讓所想的未來離自己近一點。哪怕會有困難，也都是要克服的必然。我只要，依循這樣的準則，從中不斷地發現你的笑容，就不用擔心未來的輪廓，是否離我們很遠；我只要，把所有的你，當成是自己，我就會知道，我應該要為你做什麼。

所以我特別記得，與你在國外旅行的時候，等過的紅綠燈、看過的街景和山水、買過的日用品、搭過的交通工具、去過的咖啡廳和餐廳——那些我們彼此依靠，而走過的旅途，度過的天氣，是不是也跟在國內時一樣呢？

說真的，我並分不出來，有什麼不同。這些事情，對我們來說，都是再自然不過的日常。想保護你的心情、注意你的心情、珍惜你的心情——對你的愛，並不會因為我們到了什麼地方，就會有劇烈的改變——都是一點一滴在增加，形成了我們相處的日子，「現在」之所以是現在的根本。

於是我們在這裡。只因為過去和現在，以及未來，與我們都是密不可分的，所以我們一再感覺四季的氣息，和對方留下相似的足跡，其實都是看見了彼此的心願——想和你深刻又簡單的相愛。

對此，我們比過去付出更多，也確實感受著回饋的幸福。至於未來，只要相信我們都會到達就好。於是忘卻時間，看時間又成為下一個月份，月份裡又新添故事。回憶起時，幸福依舊，這是屬於我們的生活，不必遺世獨立，每個日常，都是無數感動的可能。

世間有其榮枯

在許多細節之處，原本的我們是不一樣的。可是在透明的時光過去之後，我們的調和，遠比想像中來得寬容，似乎彼此本來就是這樣的；如果會感到懷疑，那也只是一場錯覺，一切的相處都是多麼剛好。

但我們都很清楚，並不是這樣的渾然天成。屬於兩人的溫暖不會憑空出現，在我們經營的努力背後，有爭執的交會，也有傷心的難消；話語之中的對決，更讓我們鱗傷遍體。

在情緒落於脆弱的同時，會使我們思考，問題的根源，以及在一起的意義。而彼此在冷靜之後，相視的神情，我想我們都看見了，對方那顆堅毅的心。

我們也知道光有堅毅，是不足以在紛擾的塵世裡維持的，必須要有一個可以完成的目標，指示我們，使我們可以定下心來，穩妥地在每一個付出裡面，充分地表達自己的感激，去豐厚你我擁有的愛。然後期望並等待，從中會有什麼將盛開。

也未必是要盛開，有所成長和茁壯，就堪稱寬慰了。於是愛裡有了日常，日常將我們推展為生活。

我們懂得了整頓，釐清不必要的思緒，創造許多方式，一步步建構彼此的文明。日有所輝，月有所皓，給對方的祝福都是最慎重的，希望你能夠一直安好，是我最殷切的珍惜。

如果你的禱念也與我相同，那麼，我們就會有著類似的行動。想著你的時候，讀著關於你的文字；身旁有你在的時候，牽著手，去面對環境，去做我們該做的事。

世間有其榮枯，也因此美好的降臨，才讓人難以忘懷。我明白我們不會一成不變，我們會不斷去發覺，什麼是真正的語言——幫助自己更理解對方；什麼是必要的浪漫——擁抱其實更能貼近對方。

我們並肩而坐，時常說著不切實際的話題，也提出了很多願景，我和你都知道，我們一邊觀照自許，一邊動身前往，是終於都清楚了，當彼此一心希望盛開什麼，時間也會漸漸地為我們確立目標，給我們適當的信念不再動搖。

我們會以什麼樣的姿態，度過這一生？答案不必尋覓，也不在終點，其實就在於為彼此著想的每一天，那些俯拾皆是的細心，會真確地反映我們的樣貌。

如果你不在身邊

是從什麼時候發現的？發現時間是那麼匆促，一下子就將人帶去了未來。那也許是很一般的殘忍，或者一視同仁的慈悲。

我和你都在這裡面，看著對方。以擁有的詞彙交談，或聽有聲鏗然；這是我們的思想，在調整步伐。

因為我終究比你早一步老去，所以隱晦的歲月也先找到了我。於是，我明白了與你的相會，分分秒秒都是被掠奪而走的，我所能擁有的，是緊握著你，抵抗時間的透澈，靜觀你的神情，盡可能地延長，在身邊的眷戀。

時間無法逆流，但我不對此哀愁，因為你的美好，是那麼地自然，就在我的生命裡面，還想敘述些什麼，卻已忘言。

但我們之間，年歲的差距，其實並沒有想像中遙遠。無論周圍的風景，如何演變，我都知道，彼此有多麼接近。

儘管那是相當以後的事，儘管我們在這條路途上，必須學會許多事。我也會帶著同樣的莞爾，對你伸出我的手，接過你的溫暖，明白愛情可以恆久存在，即使遭遇風雨，也篤信遠處山水的清新，與天際的彩虹。

在每一個可能的時間裡，我們都會發現，珍惜的細微。因為我不願意被時間沖蝕，淡化付出的熱烈；於是在當下的應對，都是傾盡所有，為了你的喜悅，和情緒的起落——我能為你做些什麼？我應該為你做些什麼。是必須，是情願，是替你有所憂患，是讓你有所依歸——我為我的愛，給你想要的幸福。

是在某一天開始的，我們都要這麼老去。梳理我的髮鬢，撫過雙眉，然後再看一看，我的輪廓；而我，必然也是如此對待你。

這樣的舉動，並不是什麼責任，而是一種寄託的傾心。誰都不能替代，和對方走到這裡。這是時間的客觀，屬於我們的緊密。

你會明白許多事，像我逐漸明白你一樣。我們的腳步不會分歧，也能保持獨立，這是我們的共識。至少，是踏實的，我們不在夢中。接過暖意而連結的雙手，一起將日夜從眼前左右，撥到身後。我們展開生活，為彼此對雷鳴勇敢，向時間討取時間，以回憶餽贈回憶。風景的顏色將永遠豐富，就算只有我一人老去，那又有何妨，如果你不在身邊，才是最讓人神傷。

你陪著我走

我喜歡散步。特別是牽你的手，和你並肩，散步在任何地方。

那種時候，縱然彼此之間，沒有說一句話——可能剛起爭執，可能心情愉快——但我們仍在走著，經過共同的人生，然後下一刻，也許開始交談，也許繼續靈犀。

無論是在街道之上，還是在山水之間，我們的步伐，從最初的摸索，到如今不必誰配合誰，自然地往前走，我們是在一起的，而這一切都是互相扶持得來的。

時間帶我們走到這裡，心中縈繞一股夸父逐日的氣魄，我並不憂慮路途之遙，也無畏披荊斬棘。目的地就在那邊，我不是一個人，你也不是孤單的。信念於是更加充實，抬頭望去，風光明朗正盛，我們都沒有錯失。

還會看見更多的天涯，是你指引我到達。我明白，當我們行至深處，就更清楚對方為自己準備了多少溫暖，沒有邊際，宛如勝過漫天飛雪。望遠是懂得接近，我們當道而立，聽海角的風，閉起眼睛，幸好是你。

散步凝聚我們的心，我從未像現在如此喜歡這件事。偶爾我一個人走，那感覺全然不對，甚至，腳步竟是倉皇，越走越快，彷彿不知道要往哪裡去。原來，是你讓整個世界變得順遂。

我們無法預料時局如何劇變，生活有時是非常細碎的，可我們都能從中獲取平安的部分，依靠彼此無恙。總是要每次見你，我才能感覺不在夢中。現實如此現實。

心裡百般不捨，落得只是陪你回家，從捷運站到住宅大廈，一條筆直的路，情願沒有盡頭，就這樣與你走過黑夜，走到白日，走遍每分每秒。然後，是一天，一個月，一個季節，是一年，一個季節，一個月，是一天。所有地方，是每一步，要你在途。

當我們這樣走著，生活的面貌是清晰的，即使遭遇挫折，我也可以為你承當，愛你沒有理由，就深怕你多委屈了一絲滄桑，而停下了腳步。

我會把全部的光亮給你，不斷掃除情緒的灰暗。你只要繼續往前走，沿途都將是我們要記得的人世，不至顛沛，亦不流離。而我們會看見日月和星辰，襯映著你我的身影，很久很長，照為一體。

共同的語言

時間總是以一種坦蕩的態度，無法留下的速度，通往本身的前途；而我們緊隨在後，也只能亦步亦趨，在當中發展出生活的分量，盡可能地去明白，我們可以擁有什麼。

流逝的時間，究竟是希望我們能夠得到什麼呢？或者，本來就沒有任何啟示，是思考讓感懷變得立體，讓彼此去瞭解何謂彼此。然後，我們最先意識到的，便是固定消耗的時間，會帶來日子的長遠，在隱微的部分看得比以往清楚。

於是察覺，倘若如此，那將會是我每一天都想做的事情。因為這代表著，我和你相處的時間，可以增加很多，我們能創造更多回憶。最後，再也不怕年華易逝，我們的手仍然緊緊牽著對方。

即使時光永遠都不可能那樣做，我也想簡單又平靜地看著你，專注在你的身上，看著你，做著自己的事情，那麼無瑕，一顆心閃耀就像寶石的純粹。

甚至，你就成為了時間，唯有你在，我才覺得生命的活著，舉目有日月星辰在運行，且一切和煦。

也確實該這樣，當我們學著在庸碌的日常中，放慢了腳步，我們才知道怎麼前進，避開細碎的阻礙，對於遠方光景，也比較有所把握。

而未來究竟如何，無非是在山川之間修行，至於簡單的程度，自然不必多提；最難的莫過於不動如山，心如止水。

但其實我們也無須把自己的情緒，如弓弦拉開而繃緊，我們只要做好珍惜這一件事，在路過任何地方的時候，多留意一點對方，多關注一些周遭；無論是一個招牌，或是一種想吃或喝的東西，或是一件感到有趣的分享……都有可能成為我們共同的語言，不怕日子的漫長會使彼此逐漸陌生，或趨於僵硬的習慣。我知道，你也有在盡心盡力。當我寫下無數給你的文字，你並不在身旁的時候，其實你也在，因為你是時間，不舍晝夜。

要選擇流逝或沉澱，全由我們的步伐決定，要前往什麼風景，也是同樣的道理。我無法保證這一輩子到底有多長久，但是我希望，能夠陪伴你看著每一朵你喜歡的花，閱讀每一本你有興趣的書籍，去遍每一個你嚮往的地方；然後，我們的每一天，腳步可以慢一點，永恆其實，就在所有當下的相愛。

總是這樣地專注

在你家附近，有河畔公園，我們時常會去那邊散步，大多是在晚上的時候，迎著涼風。也許那日風特別急促，使我們拉緊了外套，同時關心對方是否暖和，然後按照既定的路線，伴隨蟲鳴或蛙聲——就這樣走著，是屬於兩人的時間，看似很一般的活動，但其中只有彼此才能明白的情意。

如此的散步過程，往往要消耗一個小時左右，當然也有超過的狀況，不過我們更視為一種溝通，不全然只是散步。幸好，這樣的情形還是比較少見。我們對於河畔的閒適，是很喜歡的，而裡面的自若，我們是以眼淚換來很多，也算適得其所。

只是更多的是笑容，在步伐一致的相處中。或許你早已發現了，因此有著和我同樣的快樂；可能我看著前方的時候，你也是這樣看著我。那麼，我所感受到的幸福，你也能清楚地明白嗎？

不管你是否知道，我在很多時候都偷偷看著你。正確來說，只要在你身邊，我幾乎沒有不注意你的時刻。

偶爾我會發現，你雖然與我走著，卻一副發呆的模樣，我為此更加沉迷地看著你，直至你回過神來，略帶不解地問我怎麼了，我只是搖頭莞爾以對。

確實是不用問我怎麼了。因為愛你，心裡的喜悅可以擴展到，僅僅是看著你而純粹，即使並肩的我們，是多麼靠近，思念也都要變得殷勤。

相處以後是生活，一種我們必須要去認識的，嶄新且慎重的生活，有神情，有牽掛，有真實，有你和我，以及我們所珍視的。

就這樣走著，也成了自然。我們的時間，流逝當中的習慣，都是因為你在。所以閱讀有話，看了戲劇亦有話，而我們以問對答，或各抒己見，可能像此刻化為文字，可能就放在心裡，都是感激的思想，回憶中部分的美好風光，更是彼此的相處如常。

看著你，總是這樣地專注，我想你是知道的，只不過沒有直接告訴我，倒也無妨，因為我從來也沒有跟你說，我喜歡偷偷看著你——在我們互相凝視的瞬間，其實就說明了一切，無論我們走到了多遠的未來，我想我仍然會看著你，不管在什麼時候，你依舊會是我心上，那舉世也無法使我奪目的輝煌。

更為耀眼的光

我們在一起，必然是有著某些原因的。所以，會用很多種方式，可能合適，或者不合適，做出判斷和溝通，去延續之間的愛。讓我們所把握的愛，可以活躍到明天、後天，到下個月，到半年，到一年，到達很久以後。後來知道，有時候在愛面前，原因其實就是答案。

我們走在同樣的路上，走過的地方，是生活的臉龐。有時熟睡醒來見你，你可能正擁有一場比我更安穩的睡眠；有時你先醒來，在讀書、寫日記，最近則是多了用平板繪圖；有時你已起身去沐浴化妝，我一人便放空待著，往天花板看去——這就是生活了嗎？這就是生活了。

但就像許多時候醒來那樣，眼前是一片漆黑，然後周遭逐漸有些輪廓，仍然模糊，再來意識才清楚起來，可能會起身做些別的事情，或是繼續入寐。生活如此。你我的習慣和日夜，疊合為新的模樣。而我現在面對這種情況，第一個想法都是，你在這裡嗎？

當我們走了相當遠的距離，最明白不過的必然是眼前的一切。風景何等輕重，光影如生若死，我揀選詞語，寫下再多的篇章，都是為了闡述，你是愛對於困惑的答覆。

若說我不再害怕孤獨，是事實；但要說全然不懼，卻也未必。我仍是恐怕失去的，是因為我看見了自己的缺陷，與無知，脆弱得必須去珍惜，我才能不再錯過和懊悔。

你已經不只是光，你是更慎重且悠遠的溫暖。雖然，我並不能給出很明確的形容，或者名稱，但我是這樣看見你的，任何黑暗，都會顯得薄弱。記得你曾對我說過，連你都不愛自己的時候，謝謝我愛你；可是分明就是，是你讓所有的愛出現，賦予了真理。

我並不誇張，也不渲染，是你的力量，讓我們在一起的世界，或許還不夠完整，但擁抱了更堅強的安定。

於是知曉了全部的原因，時而緩慢，時而迅速，跟隨我們的跫音，抵達這裡。透過每一個日子，歷經無數晴雨，從來不是為了要對我們說些什麼，而是必須由我們去體會，現在的，手裡牽著的這個人，一直都在這裡，時時刻刻愛著自己，那麼地簡單且重要，以致產生擁抱，成為彼此的笑容。

日子的到來

所謂的生活，或者今天明天，甚至是長遠的未來，其實都是一場認同自我的進程。在如此漫漫不知其所終的時間裡，我們看見了對方的存在，並在美好與爭論當中，知道愛——人所能擁有的，最珍重的寶貴——心甘情願地，互相交換。這裡頭難免有眼淚的成分，但更多是陽光一般的回憶，只有我們知道感動，是多麼值得。

當你我溫柔地站在原地，朝著對方伸出手握緊的世界從來沒有距離。這是我和你看過了那麼多風景，每次將視線回到你身上之後，最深的體會。

若非是你，我想我大概真的不會知道，這個世界原來是這麼開闊，有那麼多需要你，也只有你和我一起，才能完成的事情。

於是我總想問，究竟有多少這樣讓人期盼的事，還在未來等待著我們？於是我們前往，動身的理由從不意外——因為想和對方，為了一些事而快樂，為了一些決定而思考，為了一些得失而成長——那麼多的想法和情緒，相信眼前的這個人，總是會有他獨到的見解與方式，幫助自己妥善處理，也許結果並不完美，但會知道那的確是真心誠意的。

這一切的一切，都是日子的到來，一再形塑我們的世界和內心，可能會遇到一些煩惱，或是得勇敢的時刻，面對現實的起伏，我們必須保持著自己的模樣，步調才能真正地穩定。

而這並不是自己一個人，就能夠順利做到的，為此，每當看著你在旁邊，滿是感謝。

後來的日子久了，也累積了不少紀念，用以變換前進的動力。經過年歲的磨練，觀看事物的角度，以及許多努力的理解，讓我們所學會的，最直接的一件事就是，如果想改變未來，必須有所選擇。

這裡的選擇，指的自然是正面的意義，必須透過如此的改變，某一天抵達了那個不可預測的未來，才能找到我們所尋求的可能。

那時候的我們，儘管還是會有不一樣的地方，但終於，目標越來越一致。於是，漸漸地懂得，如何欣賞歲月的無情，那將讓我們明白怎麼善待自己，以及付出相當的珍惜，並在這樣的過程中，沉著地相處；當彼此更成熟了，即使只是攜手同行，或是相視而笑，任何的一舉一動，也全部都是生活之中，我們最好也最堅實的後盾。

不被侷限的靈魂

關於各種好的或不好的，現實是多麼讓人分神，我們甚至會在突然的紛亂之中，一不小心，就忘記自己該是什麼樣子。於是有了傷心，難過與困惑，對不必要的憂患，都攬到了身上，並為此感到俐落的悲傷。即使你知道，你心中仍然有你懂的愛。

認識自己，這應該就是所謂的人生，最大的課題。彼此都在練習，怎樣相處得更好。我們不用急於一時，只顧想著跳脫，反而可能跌傷。其實，答案會在我們必經的路上，提醒我們把握；而我們，可以更專注地傾聽對方。

於是也開始了一種思考，究竟是什麼，讓我們必須對著輪廓，摸索長久的存在？時間推移至此，我想，就是為了彼此，再脆弱的情緒，也會顯現出堅強的一面。如果我們有著最想守護的事物，就該親手去努力，為心裡此刻，所跳躍的一切，創造和保存意義。

那麼，這樣做就是最好的。

在你的身旁，我總是覺得，其實你一直都在綻放，以你最初的姿態，和煦如光，對我展現內心的世界，我觀望而了然，你所喜歡或厭惡的，都在裡面。

你並不需要強求自己改變，因為我都知道，必須要懂得與這樣的你在一起，你才會得到真正的快樂和幸福。

人生前行至今，這個世界早就為我們，演示過無數的例子，不被侷限的靈魂，才能有最耀眼的能量。

你我之間的愛，便是在應證靈魂的輝映，我是這麼感覺的。當我確定了你帶來的影響，那麼今天與明天，一直至未來，我們回頭看看昨天，也不過是腳下的路，其中的繁盛，都是為了成全自己。而你，也當然是最好的你。

讓我們一起逃避吧，這個世界有時候必須有所遠離。拉開了與周圍的差距，我們才能看得清楚身在何方，知道接下來的目的地在什麼位置；或者，臨時起意更改了目標，也不必擔心迷途失道，偶然遇到的起落，也都是生命最深的祝福。

我希望，當你笑的時候，是盡心的；同樣地，願你哭的時候，也能夠是盡情的。我相信，唯有做到如此，對於自我情緒的淘洗，反覆地去面對，在擁有的每一個日子裡，心會逐漸地變得平靜，明白自己的靈魂，為何捍衛，為何依歸，終於，為何而愛。

你是愛本身

在每場相處之中，我發現，我們滿多時候像水一般，流經彼此眼前，寂然，如寺有規律的鐘聲傳來——那是我的心跳，也是你的——唯有自己明白，面前的這個人，是安定的來源；是面前的你，讓我完整。愛是一片蓊鬱，我們感受其中蓬勃，一切都有了朝氣，與相當的意義。

於是我們得以眺望，更遠的地方，那裡值得我們前往，而眼下光景也有了體悟。原來，我們依賴彼此的溫暖，卻也保持自我的獨立。我們有自己的喜好，並願意和對方去瞭解、討論。或許我們曾經覺得束縛，那是因為還不夠成熟之故。

現在，我們交換更多著想，不和脆弱直接地對抗，用柔和且適合的方式，去幫助對方變得更好。我們鼓勵彼此擁有夢想，但也提醒對方，不能忘記努力實踐。因為我們終於知道，如果不是這樣，那麼愛情也只是名存實亡，那絕對，不是我們所要的。

當我們意識到這些，並著手去試著改變，我們將會比所想的自己，更能發掘出堅強的可能。同時在正確的付出之中，得到愛，是無庸置疑的。

這也是為什麼，如果我們在愛裡感到懼怕，未來是不會為我們照亮前路的，因為只要一點烏雲，就會成為籠罩一切，埋沒萬物的黑暗。

所幸我們並未散失，即使依偎時候不曾言語，也能體會愛的脈動。我們走著，以同樣的心思，前往目的地。

一路上有溝通，互相配合，是不帶條件的。久而久之，使我們越來越明白，一個人愛著對方，必須維持默契和尊重，成熟且簡單，減少情緒化的空白，因為在我們的生命裡，時間實在是流逝得太快。

像水一般而去，我們順勢當中。我們必須活在塵俗，才能相對珍惜。倘若不是你在我的身邊，對生活足夠端然，我想我會失去成長的蛻變。

對我而言，你不只是我的戀人。一同看過世間無數景況，我在悠長的時日裡明白，你不必像誰。因為，你像花那樣綺麗，像風那般無拘，像雷那樣鳴動，像雪那般皎潔，像火那樣熾烈，像事物應該依循的道理，以致我們情深意重；你屬於你自己，不只是稱職的戀人，你是愛本身。

輯六

我們指認一切

我們隨著時間往前邁進，無論是溫暖的，或是寒冷的，都曾經在我們的身上，留下感知；於是我們便把這些經歷，稱為成長——在未來的某一個當下明白，自己確實是這樣的人了。

明白果敢和堅強，並不是驟然的改變，而是一路走來，慢慢地看透了季節的運轉。

這是歲月的必然，建構的反覆，最終形成內心的平衡。而我們，必須在這之中，比肆虐的風雨更頑強，幫助對方，守護好最珍惜的花園，不因短暫的得失，而忘記愛的根本——我並不是一個人就能夠變得更好的，你同樣也不是獨自的，那些風景之所以美好，是因為在我們的眼光裡。

因為盼望的目標有你一起努力，即使開始的時候是一片模糊，也會清晰起來，然後我們就會知道，該如何前進；遇到轉彎的選擇，也能無所畏懼，不害怕迷惘的盲目，因為生命中最重要的東西，如果我們夠瞭解，那麼就算腳下有多少曲折，距離有多麼遙遠，還是會到達。

所以就讓風霜，成為不須回顧的一部分，你的世界，還有璀璨的光景在等待著你。一切或許不會那麼順遂，但這樣的完整與遼闊，都是你的人生所該擁有的溫暖。

生命是因為有了這些累積，而創造出不平凡的簡單。

那麼外面的世界如何變化，其實也就與我們無關了。比起那些無法控制的厭惡，更重要的是，在每個日子裡，我們與對方相處的決心——我確實想和你，共同分享我的心；我的喜怒哀樂，如果有你的陪伴，便能得到最沉穩的歸納。我篤信這樣的狀態，是你所帶給我的珍貴。

這些是時間告訴我們的。堅定的思考，永遠都不會是憑空明白的。當我們越能知道心的真實，對於混淆視聽的喧囂，也就越能清楚地判斷，不再被影響什麼。這是我對自己的期許，也希望能幫助你做到——如果你也這麼想，我會竭盡所能。

就繼續生活吧，不要過分擔憂。畢竟在紛擾的生活裡，最值得我們在意的是，我們對於幸福的願景。

即使冬天漫長了一點，春天也終究會到來。在各自勇敢的模樣，我們指認一切，美好都屬於彼此，這是應該珍惜的事，也是需要我們落實的日常，以及最感謝的依賴。

看我為你熱烈如死

曾經我以為這個世界的運轉，是可以全然與我無關的。但認識了你，竟也開始成熟起來，許多事情因為認識你，使我的生命有了些不一樣的顏色；而我從前是不那麼在意的，關於自己的不完整，其實非常脆弱。但認識了你，很久以後，我才發現，也是在認識自己。

舉例來說，因為你的影響，我看了以前不曾看過的電影和戲劇。於是有一些想法跟話語，讓我留意；我知道，這些是構成你生命的一部分，如果我可以明白，也就能獲得與你相處的一點平衡。如果我希望是長久的，我們的時刻。那我必須去瞭解，和你有更多的接近。

因為你的推薦，於是我願意付出時間，去欣賞你的喜好。在據稱是你最喜歡的一部日劇裡，我一個人看完了之後，深受感動，明白你為何如此獨鍾，並在自己的體悟之中，記得了這樣的話：「不是為了想要幸福才去喜歡一個人的。」

其實當下看到，並不意外——透過主角表達而出，很符合其人的個性，必須是那樣子的一個人，直接又固執，還帶著一些溫潤的開朗，才能詮釋這句話的意味。

你似乎也是這樣的一個人，那麼剛好地，補全了我所缺乏的另一邊。我有點覺得，我開始活得像個人了。

什麼是「不是為了想要幸福才去喜歡一個人的」？後來的我——也就是現在的我，好像沒有想過這個問題。我琢磨了很久，在思考豁然的同時，笑自己愚不可及，恨自己蹉跎太久。

對不起。我的個性，一定帶給了你不少困擾，和不必要的憂傷。

讓喜歡和愛，落在我們的相處之中，幸福才會發生；因為彼此喜歡，我們相愛，所以幸福才能擁有憑恃。這是你一直一直想告訴我的事。

謝謝你，讓我知道了愛情，幸福的可能。當我們開始擁抱，擁抱得像是沒有明天，而貪圖所有從我們指縫流逝的時間，明白這一切都是真實，更由衷地珍惜你。

這世界至此，不是從前的了，已經無法不與我有關了，因為有你在。每個昨天的我，都要趕赴今日，今日的我，要的是先為你看遍明天的陰晴，圓缺由我承擔；只願你，感到自己的幸福，看我為你熱烈如死，摹仿你的執拗——更甚於你，牽著你走，就朝我們的餘生而行。

凝視並記得

當我和你的視線，落在同一個焦點上的時候，我常常在想，想著我們的熟悉——能夠這樣平靜而愉快地，與你討論一本書的意義，一部影劇的過程；或者是一束花的盛開與凋零，一頓餐飯的美味與否，一則故事的歡笑或難過——偶爾彼此意見相左，但我們大多能接受，所謂討論，兩個人的說話，本該就是有來有往的，陪伴的表裡。

或許是因為這樣，我發現了自己與你逐漸相像。雖然，仍有不同之處，但也為了對方，而有所調整和配合，我們得到了更多，那些以前鮮少擁有的點綴，都變成了豐盛的驚喜。你是這些生活的歸屬。

如同你對我一樣，我總是不知道你留意了什麼，而我們都會善於等待，然後實現，為了看見對方的高興。

我為你所策劃的，從來不在乎時間和金錢，倘若考慮的時候，換作是理性的一面，大概不會有任何開始的一步。

我確實是因為你而學會了愛。經常在你身上得到這些，於是也檢視著自己的愛，是否適合你的心？會不會讓你難以承受？其實你可能不需要那麼多？但是，如果你願意，並對此覺得滿足且珍惜，那我就會繼續努力，朝這樣的溫暖去營造你的莞爾，讓你有一個放心的居所。

在我們理想的居家，其實就像是平常一樣，不動多餘的聲色，合乎彼此的脾胃。不管發生了什麼事情，我和你，都會主動成為對方的支柱——如果我們想要朝夕相對，就該做到如此，畢竟，我想與你走到很遠的日子，去深刻很好的光景；而我以往錯過的，都會找回來，放在珍藏的歲月裡，借你的肩膀，凝視並記得。

有時我在撰文的時候，一邊想著架構，一邊讀起古老的文字，竟也融會了心境。何謂慨當以慷，憂思難忘？不過就是，唯恐你不夠幸福，唯恐你不夠被愛，唯恐你不夠自信；唯恐我不夠好意，唯恐我不夠敏銳，唯恐我不夠疼你。情重於此，頃刻之間都是記得，看似繁複卻是和煦如織。

於是，也不必多問何以解憂，唯有你，是那麼地自在，從所有陪伴的時間中走來，引領著我，與我面對過程，一字一行，成為了愛的意義。

與你走了那麼遠

我總是想著和你生活的可能，一種由我們創造的任何可能；此後，我們走出來的，就都是我們的道路。

有一些事我們可以決定，例如我們的世界，想要看見什麼樣的風景，於是安排行程，做好應當的準備——人生是遠行，而我有幸和你在當中。

若無意外，人的一生往往，會比自己所想的還要漫長；於是產生目標，無數個為自己或他人立下的目標，也自然是明白了什麼。

在路途中，學會如何充實，如何調整與修正生活，這是終此一生的事情。

如果只選擇了生活，那就太浪費生命；但只顧著尋求落實生活，也同樣是枉費。

生命中有許多美好，是需要透過想像，進而去踏實完成，如此重複建立和得到，去感受裡面的沮喪與勇敢，最後，終此一生。

當然，這些目標，並不需要全部都是多麼理想化，但至少是你情願去做的——必須如此，才不會容易感到疲乏，而讓自己覺得什麼都不對。

所以我看著你，透過陪伴而瞭解你，知道你有許多喜歡的事，雖然你未必有將那些視為什麼目標，可是你都持續著，慢慢地吸收那些溫暖，成為自己的內涵。這樣很好，那是你愛自己的方式。

我時常對此由衷微笑，因為在這些愛裡面，我們重疊很多，但也沒有失去自己的獨立。這是值得深刻記下的，寧靜的體悟，能讓我們走得更加坦然。

即使我們早已知道，這樣只能往前的一生，必然會有我們無法明白的事，但我們也只需要，在自己的位置上努力，適時地扶持彼此，為對方照耀生活，驅散讓人厭煩的陰霾。在所有的事情背後，我願意一直都是你的依靠，你只要這麼記得就好。

因為與你走了那麼遠，我才能更加確定和告訴你，成為那樣的存在，是我的目標。我們能夠創造的任何可能，其實也只存在著一種，那就是和對方夢見生活，落實生活，察覺每個細微的情緒，在飛逝的年華裡，安穩地過好當下，逐漸從容面對世界——偶爾躲避也是可以的。

這一生的路會走得多長，會有多少風雨，沒有人知道，但確定你擁有晴朗的愛。無論我們將在什麼地方，只要生活有你在這裡，即使是看見尋常的景色，我也覺得有所期待。

只需要往前走

我們要走完這一生，必然會體會到許多悲歡，一些困境的難以言喻；現實更像一面鏡子，時刻映照你我的面貌，不同的事有各種的心情，而我們卻往往只看見了，不快樂的那一面。

從某種角度來說，這是你的真實，但只是一部分，並不是全部。不需要為每個人都會有的憤怒、傷痛，去隱蔽自己擁有的良善，甚至不相信自己可以被幸福恩寵——那本來就該是屬於你的，誰也無法剝奪；只有你，可以真正地使幸福活躍起來。

所以我逐漸知道，我們在生活中無可迴避的相處，再怎麼細碎的地方，也有必須存在的意義；當這些意義組合起來，在獨自一人的時候，便顯示了更為重要的道理。

你，就應該是你。請你務必活得真實，活得像自己。那麼，不管你在哪裡，都能夠感覺最貼近的幸福，也不必再過分擔心，世事如何磨滅日常。

因為你將發現，原來，這是自己獨一無二的生命，應該為愛的人，體現珍惜，然後順應自然，愛終究會回到自己身上，你便能付出更多的守護。而這樣的匯合，將會為你鋪展更溫暖的心意。

那或許，是這個世界的運轉之中，最重要且永恆不變的定律。過程可能不甚滿意，或是不太瞭解，但你可以去用各種方式，來認識自己的內心，究竟是什麼模樣，不要覺得人生太過漫長而輕易放棄，那從來不是你應該要停下來的困難——只需要往前走。

走出了路，就是你我的故事，讓彼此獨自或陪伴時翻閱；我知道我會感念非常，歲月的流動之中，能夠和你共行，已是相當幸運。

於是撰文為記，倘若老去，還能當做一種永遠都不褪色的提醒——我們是如此相愛，都願意努力攜手再往前一步，比過去更加相愛。一切雖然漫長但彌足珍貴，用什麼也無法換取。

你知道我的明白，無數的此時此刻，連接遠方的未來——我會繼續陪伴你，這是無庸置疑的。

你該做的就是，好好地在生活中療癒自己；久而久之，你將會越來越清楚地看見，你心中充滿嚮往的，那片豐盛的天地，眼前美麗的風景，以及，微笑著的，那麼自在而幸福的自己。

時間都要消失

我見到你之後的日子，總是在不留意的時候，慢慢擴展成我們所想的模樣。或許某些部分需要調整，那對於現在的我們來說，是一種必然；如果我們沒有掌握好這樣的必然，其實也就意味著等量的失敗，那就得再做出改變，一直到彼此之間變得更和諧，最後你我相看莞爾。

於是我們走在街道上，看過明月和豔陽，也是走在我們的人生路上。從每個今天前往下一個明天，都是為了那個被我們指認的未來——我們耗費許多心神，究竟值得什麼？

當我們把途經的成長，一個一個打開來看，就會發現共同的答案：只要心中有未來，人就能幸福。

所以我們帶著哭泣或笑容，懷著千情百緒，也願意攜手面對的未來，其實是我們珍重的一顆心。

每一眼所看到的景色，每一步所踏過的地方，都是一份深刻的細緻，一再地構成我們的幸福，反覆的日常，使得未來不只是單一的面貌；若僅有一種輪廓，那樣的未來，是貧乏地讓人走不下去的。

還好我們的互動，就算是眉目也有開心的可能；說話的時候，擁有更多真切的歡喜。

這些感覺的表達，使我們找到了讓心應該鑲嵌的位置，在每一個越來越熟悉的今天，都有無限的形容，是不用去猜也能知道的，那種彷彿今生取之不盡的快樂。

因為日子的延長，後來我們就會越走越遠，終於重疊成一個人。那時候，我們將沒有名字，關於彼此的喜怒哀樂，會大部分類似，這不代表我們失去自己，而是我們能夠體察了從前的殘缺，以及懂得怎麼去守護，對方的任何想法。事實上，現在的你，和我之間的關照，就是那些進展的證明。

未來便是如此來到的。而我們在新舊的晴雨之下，也能比較清楚地去細數，日子當是如何，風景當有如何，我們要用什麼樣的方式，保全幸福的存在，對於人世不可違逆的滄桑，種種皆能從容。

以前所想未來，如今已全然不同，是因為昨日的歷練，產生的平靜，陶冶了心的質地。然而更確實的達觀是，你願意相伴，和我一起將明天的感動，親手帶到彼此身邊，不必有無謂的憂傷。

從此，時間都要消失，幸福成為了生活的刻度。

擁抱的負責

我常恨時間太少了。在相處以外的時間裡，例如維持現實的工作，或是歸於寫下文字的自我，那些是不得不的消耗，卻是為了更有力量和你在一起，去擘劃我們所想的每一天。

然而，每當與你暫時分開，都不禁會想著，如果能夠多一點時間就好了。但是如果可以這樣，我應該會成為貪婪的人，不待生活的勸阻，就把全部的時間都交給了你。

這樣的想法，並非偶然才產生的，是因為世界多殃，那些從生命舞臺匆匆落幕的故事，讓我們逐漸知曉，人生是多麼短暫。

於是，在你覺得不是必要的時間，我總是盡可能地陪著你，儘管我會少睡一兩個小時，或是晚一點才到家，可是我心裡充滿了高興，因為你也是這麼覺得。

雖然，你會因為我半夜還在外頭，趕著返家的用路安全而擔心，要求我時間太晚就不用送你回家，但我還是沒有聽從你的好意，仍然堅持先送你到家——你應該知道我是固執的人。就這一點來說，我想我會永遠地不知變通。

我的固執是有道理的。畢竟，我又何嘗放心，任你將近夜半而獨自回家，雖然你總是說著自己都幾歲了，從前也是這樣生活著過的，難道不會照顧自己嗎——我心所深愛的人，你當然會，我也相信你能夠做得完美，可是你或許忘了，至今最重要的一點是，你不是一個人，你我在彼此身邊，所以有了我們；而「我們」所能表現的其中一個意義，就是在我能力所及，我必須好好地保護你，失去生命的力量也不可惜——我曾這麼聽過，也打算如此實踐，或許不會有這樣的一天，但是我願意。

時間真的是太少太短了，以致每個美好都必須珍惜。為我們相處而寫下文字的心情，都算是一種整頓，看看自己有多愛你，以及，你有多麼愛我。

我們知道，降臨在身上的愛，是再怎樣細數也分不清的，只要好好地去感受，我們的日子帶給我們的，步伐將踏往的遠方。

但我終究比誰都更清楚，想來你是會與我爭論的，關於這樣為對方付出的愛，到底是該誰多承擔一些？在我們都看過了世事的紛擾，我想，就讓我多把握一點，甚至，一點也都不給你，一切都是我甘心，只希望你成為我生命中的抱負，擁抱的負責。

我確實知道

身為一個因為年紀增長，而終於感到晝夜流逝的人，忘了是從哪個時候開始，會去看顧自己還擁有什麼，剩下多少，以及把握的可能。

我梳理這樣的心態，發現其根源在於，我明白了何謂失去。

也許你會說，既然是作者，最能讓我感受失去的東西，想必是題材之類的吧，例如突然不知道要為何落筆；但我以為，正好相反，我從不煩惱那樣的事情。這一類事情的關鍵，其實在於閱讀，以及平時對文字敏銳的磨練。所以不存在擁有與否的問題，也就無關失去。

因此，我所體悟到的失去，並不是寫作這樣，在我的世界中，像季節運行般自然的事。

想到這裡，我早已有了答案。這重要的答案，難道不是因你而生嗎？

我確實知道，我愛你多於愛自己。但我同時也是自私的，我隨時都在希望，你會一直在身邊。

可是我也知道，這樣是不好的。你是獨立的，並非由我決定你步伐的去留。當你願意駐足、遊走的地方，即使遍野荒涼，飛鳥盡絕，凡你過處，都將盛開美景，刻成永恆。

是看見了無數次這般道理，並為之傾倒的自己，不斷地意識，沒有任何一點餘地，我怎麼能不去愛你。我愛你。

經歷了不算苦短的人生，我擁有的、剩下的、把握的，在劇烈爭執過後的現實，是這樣子的，滿懷在心，雖不憂慮風雨，卻害怕失去的愛。

於是我開始學著面對，只是一味地逃避著，並不能改變這種懼怕的感覺。所以我寫下，你，你和我，我們所遇見的種種，攸關彼此的日月，形成難得山水，在晝夜流逝。

我想有一天，我會將失去，不再只是當做失去，而是轉化為愛的一部分，消弭於坦然的無形。我也希望自己，可以那樣幫助你，或者是，為我們的理想生活，隨著前進，做出改善，將持續相愛的可能，提升更高的機會和穩固。

誰也不必多問什麼，答案一直都是顯而易見的。面對我的執著，經年累月的雕琢。你可以等待，你可以觀察，當然也可以——使我失去。只是，不管是什麼樣的情況，我孤不孤獨，我還是要送來潔淨的花束，直接告訴你：我愛你，多於愛自己。

物換星移之後

在很小的時候，除了搭乘交通工具，步行所能抵達的最遠的地方，也不過就是到繪畫班而已；一條街，幾個巷口，部分更與上學的路線重疊，卻總是覺得這條路好遠。後來長大，看著物換星移之後才明白，真正讓人走得遠的，其實是生活，所謂的人生便是路。

這樣的人生，使我們體會了許多滋味，知曉各種道理；有的時候事與願違，並不是自己不夠努力，而是那就是問題最適合的答案了，一種椎心的無奈，刺骨的忍耐。例如你我必然都會經歷的，生離與死別。

當你或者我的心，有一天面對了最深沉的告別——死亡，我們得用什麼樣的心情？或許，如果可以的話，最好不要發生這種事，但你知道，即使是短暫的一生，也或多或少都會遇到。

雖然認識你很長一段時日，我仍不敢說有多麼瞭解你；為此，和你走過的每一個回憶，你的每一個情緒，我總是靜靜地放在心裡，不要忘了你所帶給我的種種美好。

也許你並沒有發現，幸福是你，不只是給予我了愛，也能夠為自己身邊所在乎的人，帶來適合的溫暖；不管是歡笑或淚水，都有你最可靠的關懷。

是因為你如此的無私，我才能在不足之處，做得更妥善。在不知不覺中，你成為了我想要效仿的對象。

每次思考至此，我都以為，這樣打從心底的改變很自然，就像是沉浸在冬日裡和煦的陽光下，每分每秒對身心來說都必須珍惜。

只是我們知道，那樣的光輝，也會有黯淡的時候。

你呵護了十七年的寵物因病離世，夜半私語之間，幾個小時的煎熬後，你親手承接了死亡的重量。我在一旁陪伴，看著你如何痛心啜泣，天明後上山為寵物處理後事，而憔悴神傷——你那純淨的心地，出現了一道，可能是人生至今最深刻的裂痕，甚至讓你淚眼對我說：活著好痛。

這世上有活著，而不必擔憂任何苦痛的人生嗎？倘若有，我想那是比所有名利、已知的幸福——都還更讓人著魔的事情吧？但顯然沒有，也不存在那樣的人生，我們可以做的，也只能是將感受到的一切悲痛，所造成的傷害減緩，用盡方式降到最低，努力治癒自己。

所有意義的美好

這是全部的六十篇文的最後一篇，不過對於未來會寫給你的文字而言，並不是最後，而是另外的新的章節的開始。

在這裡，我想和你說一說，為什麼要寫下這些文字的原因，雖然你可能已經知道了。

那是在我們情緒都很低落的時候，相處的爭執其實可有可無，但彼此都將那樣無形的東西具體化，指責的手勢、冷漠的動作、感嘆的淚水，還有，零碎地，剝落，各自的一顆心。

在低迷的氛圍中，我們似乎進退維谷——不，根本是陷之死地，沒有別的辦法了。但我看見了你房間的牆壁上，一大張內容句子或直或橫地排列，描述著許多人生名言的海報。

我在那張海報前面停留了很久。我以前就已經發現它的存在了，但這是我第一次，靜下來凝視它，端詳著自成秩序的內容，究竟記載了哪些句子。

我一個句子接著一個句子看過，裡面有些我知道的，但更多是我不曾知道的。我突然有了想法：根據這些句子，寫下散文，落筆完成。然後，交給你。

我一直覺得，在某些時刻，人會剛好地遇到當下的困境，所需要的東西；而那些名言，必然就是我們打開僵局的鑰匙——即使是到了現在，我也仍然認為「一定是」，而非「可能是」——這兩者之間的信念程度，終究是有所差異的。

決定以這樣的方式，來為彼此的關係努力，我開始回想你所喜歡的書和影劇。畢竟那張海報的句子，並不是全然都適合用來告訴你，和提醒我自己。但有一段話，是我寫下數以萬計的文字，所維繫的核心。

「我只想告訴你這些：假如明天我們不能在一起，那我希望你能記得這些：你比自己所相信的更勇敢，比所展現的更堅強，比所認為的更聰慧。另外最重要的是，即使我們不得不分離，我依然，與你同在。」

——《Winnie the Pooh》

我希望你明白。當我抬頭看著夜空，總是會想起這段話，星光點點，請務必時時刻刻祝福你，你這樣一個無比溫暖的人。

在有限的生命裡，不管當下我們是否在彼此身邊，我每一天都會想念你，是因為懂得愛你，才有了成長的自己；而相信眼前，人間所有意義的美好，只能是因為你。

後記

我朝著光的來源望去

——楚影

從一場冬天到下一場秋天的時間，可以完成多少事情？有能力的人可以達成很多目標吧，而我從來都不夠聰慧，只能專注在一件事上，於是寫下了這些。

F，我有許多話想跟你說，也知道有機會可以跟你說，但我總是會莫名地擔心。如果，有一天沒有辦法對你訴說了呢？

不是我對我們的未來沒有信心，而是命運的左右往往讓人難以捉摸。

我們走過多少地方，看過多少風景，就有多少深刻的回憶。這些都不是能夠輕易抹滅的，也同樣不是簡單就能創造的。

我時常在思考，彼此之間的關係，在漫長的人生裡，屬於什麼樣的意義。

這不光是一本對你說話的書，也是跟我自己說的；因為想著寫著，總是發現我其實也需要這些。所以從另一個角度來看，可以說我是被你拯救了。

於是，當字數越來越多，不但看見了自己對你的眷戀是怎樣的，而我確實也沒有自以為的那麼勇敢。同時明白到，何謂與日俱增的道理。

書寫似乎成了理所當然的方式，也終於到了內容完成的一天。

但想對你說的，也絕不會只有這些；如果我們的日子還很長，那麼就請你不厭其煩。

為後記寫到這裡的時候，我正坐在工作地點的位置上；工作是乏味的，但我卻很喜歡這裡。因為，只要天氣狀況不錯，每當夕陽西下，餘暉都會從我的左邊照來，將我的輪廓反映在右方邊的牆壁上；我朝著光的來源望去，總是，總是非常地想念你。

ISBN 978-626-396-133-3
Printed in Taiwan.

有時我獨自念想／楚影著. -- 初版. -- 臺北市：時報文化出版企業股份有限公司，2024.04
280面；11×17.5公分

ISBN 978-626-396-133-3（平裝）

863.55 113004526

有時我獨自念想

作者 楚影｜封面繪者 盈青｜主編 王衣卉｜行銷主任 王綾翊｜全書裝幀 倪旻鋒｜排版 唯翔工作室｜總編輯 梁芳春｜董事長 趙政岷｜出版者 時報文化出版企業股份有限公司 108019台北市和平西路三段 240 號 發行專線—(02)2306-6842 讀者服務專線—0800-231-705．(02)2304-7103 讀者服務傳真—(02)2304-6858 郵撥—19344724 時報文化出版公司 信箱—10899 台北華江郵局第 99 信箱 時報悅讀網—http://www.readingtimes.com.tw｜電子郵件信箱—yoho@readingtimes.com.tw｜法律顧問 理律法律事務所 陳長文律師、李念祖律師｜印刷 勁達印刷有限公司｜初版一刷 2024 年 4 月 19 日｜定價 新台幣 380 元｜

時報文化出版公司成立於 1975 年，並於 1999 年股票上櫃公開發行。
於 2008 年脫離中時集團非屬旺中，以「尊重智慧與創意的文化事業」為信念。

關於作者

楚影

1988年生。曾獲優秀青年詩人獎。

著有詩集《你的淚是我的雨季》、《想你在墨色未濃》、《把各自的哀愁都留下》、《我用日子記得你》、《指路何去》。小說《封魂錄》、《離騷未盡》。

關於繪者

盈青

於2015開始經營插畫品牌，目前專職於插畫工作，著迷於各種説故事的形式，總是想著根據自己對創作的熱愛，哪天就算中了樂透頭彩隔天起床還是會繼續創作，遺憾是目前還沒有機會證實這一點。